共青团中国政法大学委员会
思想引领系列丛书

"CUPL正能量"
人物访谈活动报道合集（Ⅳ）

CUPL
ZHENGNENGLIANG
renwu fangtan huodong baodao heji（Ⅳ）

共青团中国政法大学委员会 ◎ 编

朱 林 ◎ 主 编
黄子洋 ◎ 副主编

中国政法大学出版社
2021·北京

声　明　1. 版权所有，侵权必究。

　　　　　2. 如有缺页、倒装问题，由出版社负责退换。

图书在版编目（CIP）数据

"CUPL 正能量"人物访谈活动报道合集. Ⅳ/共青团中国政法大学委员会编. —北京：中国政法大学出版社，2021.5
 ISBN 978-7-5620-9987-1

Ⅰ. ①C… Ⅱ. ①共… Ⅲ. ①新闻报道-作品集-中国-当代 Ⅳ. ①I253

中国版本图书馆 CIP 数据核字（2021）第 098928 号

出 版 者	中国政法大学出版社
地　　址	北京市海淀区西土城路 25 号
邮寄地址	北京 100088 信箱 8034 分箱　邮编 100088
网　　址	http://www.cuplpress.com（网络实名：中国政法大学出版社）
电　　话	010-58908285(总编室) 58908433（编辑部）58908334(邮购部)
承　　印	固安华明印业有限公司
开　　本	720mm×960mm　1/16
印　　张	20.5
字　　数	254 千字
版　　次	2021 年 5 月第 1 版
印　　次	2021 年 5 月第 1 次印刷
定　　价	89.00 元

教育部人文社会科学研究青年基金为本书的出版给予了支持，项目为"基于多样本个案访谈和实验法的高校思想政治教育测评实证研究"（批准号：18YJC710105）。本书中的访谈对象成为该项目质性研究部分的研究对象，关于他们的案例资料是项目文本分析的重要研究素材。

编委会

主　　编：朱　林
副 主 编：黄子洋
编辑团队：安振雷　曹晓晨　陈　钢　陈广浩　陈昊昕　陈逸安
　　　　　陈奕祺　董浩然　董嘉铭　杜　芬　杜旖昀　段梦圆
　　　　　冯思琦　浦泽洲　高　珊　贺晓菲　焦时悦　蒋恩第
　　　　　康卓吉　郎　朗　李梦瑶　李诗阳　李昕媛　李元嘉
　　　　　李卓凡　梁雪炜　林翊涵　刘　瑾　刘予欣　陆　娇
　　　　　路梓暄　罗亚雯　马友鹏　秦新智　邱景涛　施炜钰
　　　　　孙可一　孙维昱　唐浩洲　王丹阳　王浩然　徐蒽蕊
　　　　　杨欣敏　杨　豫　杨振霄　岳梦雪　岳子涵　赵嘉玮
　　　　　张澳璇

学生视角　发掘同伴教育新思路
德育典型　实践思想引领 E 路径
—— 中国政法大学"CUPL 正能量"人物访谈系列活动介绍[1]

一、"CUPL 正能量"简介

2012 年 10 月，共青团中国政法大学委员会将德育工作与培养青年成长成才紧密结合，以"低门槛、高频率、接地气"为主要特征，以成为校园正能量的"创造者、发现者、表达者、放大者"为宗旨和目标，创办"CUPL 正能量"人物访谈系列活动（以下简称"CUPL 正能量"）。"CUPL 正能量"通过深度挖掘学生群体中的正面人物和感人事迹，宣传学生身边"人人可做、人人能做""做得到、做得好"的"平凡小事"感染和鼓励青年进步、成长，在网络思想政治教育环境下，探索与实践当代大学生品德教育与思想引领的新模式。

二、"CUPL 正能量"产生背景

长期以来，高校思想政治教育的空间主要集中在思政课堂、校园课外活动和学生社会实践活动中。随着社会信息化程度的不断提高，网络

---

[1] 中国政法大学"CUPL 正能量"人物访谈系列活动荣获 2013 年"第三届首都大学生思想政治教育工作实效奖"特等奖，此文该奖项的参评报告。

已成为大学生学习、工作和生活中不可或缺的重要工具，并成为与实体空间并重的思想政治教育环境。据学校学生组织对本校学生使用网络情况的调研显示，约68%以上在校学生能够通过手机或者电脑实现"即时即刻网络交流"；约90%以上的学生每天浏览反映本校生活信息的相关网络。"90后"大学生更是生活在开放的网络环境中，同学们建立QQ空间、人人主页、微信等网络平台，在虚拟世界里展示自我、汲取信息，他们对信息的把握更及时，搜集信息的方式更先进。

在社会思想多元化的影响下，以"高大全"为主要特征的传统思想政治教育模式在学生群体中的认可度趋弱，加之实体教育空间局限性的约束，思想政治教育工作的效能逐渐弱化。因此，在现代社会价值多元化、信息网络化背景下，如何弥补传统思想政治教育模式的局限性，探索大学生品德教育与网络思想引领的新途径成为迫切需求。

三、"CUPL正能量"的创新性

"CUPL正能量"深度挖掘校园"平凡小事"——青年学子"做得到、做得好"的事情；广泛寻找"普通学子"——日常生活中乐观、向上、正面的群体或个人典型。通过网络媒体线上"放大者"的作用，引导青年关注发生在自己身边的故事，认识、学习成长过程中的"伙伴榜样"，实现"他能、你能、我也能"的正能量传递和感召。

（一）特色理念

1．"低门槛"——启发青年发现榜样。在题材选择方面，要求"低门槛"，不采用传统学生先进事迹报道的"高大全"标准，而选择在日常生活中容易被忽略的普通学生身边的"平凡事"。

2. "高频率"——引导青年了解榜样。在活动设计方面，坚持"高频率"报道，每周一期，每期一个正能量人物故事，并根据每学期学习、生活的不同阶段，设定不同主题。

3. "接地气"——鼓励青年学习榜样。在主题拟制方面，强调"接地气"，旨在启发、引导青年向下看、向身边看，从简单事做起，从基层事做起，培养青年踏实、平和的心态和务实、向上的作风。

（二）学生视角的采编过程

"学生发现学生、学生宣传学生、学生感染学生"。"CUPL正能量"始终坚持以学生视角为宣传报道原则，依托宣传类学生组织，组建采访团队，让学生成为正能量的首批"发现者"，通过学生的自我感受和领会解读过程，以图文报道形式加以宣传，成为正能量的"表达者"和"放大者"，让更多学生读者在感召下成为正能量"创造者"。

每一篇报道的形成过程，即学生主体参与正能量采集的过程，如：（1）身边正能量：正能量人物自荐和举荐；（2）发掘正能量：着眼于校园热点事件和学生热议的正能量话题，并进行跟踪报道；（3）倾听正能量：开展报道效果追踪及反馈调研，根据青年学子的实际反馈和需求完善宣传形式和报道内容。

（三）全媒体线上宣传互动平台

在校园网首页显著位置开辟"学子在线——'CUPL正能量'"专栏，实现在学生喜闻乐见的网络媒体中的全覆盖。

1. 校园网"学子在线"专栏：http://www.cupl.edu.cn/html/cupl_main/col2134/column_2134_1.html

2. 校团委网站 CUPL 正能量板块：http://gate.cupl.edu.cn/xtw

3. 校园网 BBS 论坛：http://bbs.cupl.edu.cn/forum.php?mod=viewthread&tid=789885&highlight=cupl%D5%FD%C4%DC%C1%BF

4. 社交网络平台——人人网：http://blog.renren.com/blog/283091938/905431700

5. 微信公众号：法大青年

四、"CUPL 正能量"的实效性

"CUPL 正能量"一经推出便在全校师生中引起了广泛关注,为校园文化和网络媒体环境注入了一股清新的活力。

(一)媒体数据统计

据数据统计显示,学生主要关注的网络媒体总浏览量达78 418次。其中,"学子在线"专栏平均点击量916.64次,单期最高达5 785次;BBS论坛发帖平均点击量589.84次,单期最高达3 794次;人人网人物相册(自第19期开始)平均单期浏览量4 500余次,单张相片点击量超过500次。[1] 当前,每期报道的平均浏览量为5 000次左右,可覆盖

---

〔1〕 数据统计时间,截至2013年12月18日。

全校 1/3 以上师生。每期数据统计如表 1：

表 1 《"CUPL 正能量"人物访谈系列活动前 25 期学生主要关注网络媒体数据统计表》

总第 N 期	校园网学子在线专栏点击量	校园网 BBS 点击量	人人网日志阅读量	人人网相册浏览量	总点击量
1	230	3 794	无	无	4 024
2	86	183	150	无	419
3	109	269	200	无	578
4	123	194	169	无	486
5	91	316	41	无	448
6	197	1 302	378	无	1 877
7	225	736	140	无	1 101
8	601	1 075	292	无	1 968
9	644	605	284	无	1 533
10	853	249	90	无	1 192
11	2 469	350	184	无	3 003
12	440	616	282	无	1 338
13	1 166	486	92	无	1 744
14	4 080	552	188	无	4 820
15	5 785	169	256	无	6 210
16	631	497	387	无	1 515
17	670	383	98	无	1 151
18	465	310	289	无	1 064
19	331	565	288	4 752	5 936
20	906	411	228	4 604	6 149
21	224	184	279	4 188	4 875
22	582	161	270	6 767	7 780
23	851	368	165	8 982	10 366
24	603	124	237	4 074	5 038

续表

总第 N 期	校园网学子在线专栏点击量	校园网 BBS 点击量	人人网日志阅读量	人人网相册浏览量	总点击量
25	554	154	142	3 212	4 062
总计	22 916	14 053	5129	36 579	78 677

（二）网络互动反馈

"CUPL 正能量"关注学生在各类校园网络平台上的留言与互动信息，注意根据报道反馈和学生需求，不断完善宣传形式和报道内容。图 1 至图 3 为学生参加线上互动留言内容。

图 1 《"CUPL 正能量"第 23 期——兰 2406：大学四年的温馨家园》BBS 互动留言截图

学生视角　发掘同伴教育新思路
德育典型　实践思想引领 E 路径

图 2　《"CUPL 正能量"第 21 期——高雨濛：拥抱传递温暖与信任》
BBS 互动留言截图

图 3　《"CUPL 正能量"第 25 期——高斌斌：兼职小达人，工作初体验》
人人网互动留言截图

五、"CUPL 正能量"的典型性

主流青年人是积极向上、朝气蓬勃的，每一所大学校园中都充溢着多样化的正能量，每一个平凡的校园故事都能凝聚起非凡的人气。正能量活动的开展不受学校类型、层级的限制，任何一个校园中与正能量相关的征集、报道、宣传等活动都可以得到学生的响应。

从与传统的思想引领类活动互补的角度，"CUPL 正能量"以基层发现、亲民宣传为特色，实现校园思想政治教育工作中精英化与大众化、参与性与引领性、形象性与实践性的结合，从而形成线上线下思想政治教育的合力。

（一）正能量在行动——法大正能量系列活动

"CUPL 正能量"系列报道的推出，引发了校园各级、各类社团和组织围绕正能量主题所开展的多样活动。如："拍拍正能量""微笑正能量""手势正能量"等拓展了实体宣传方式，使同学们在随手拍摄中、在微笑中、在手势中感受与传递"正能量"。

（二）正能量矩阵——与其他思想引领活动的良性互动发展

"CUPL 正能量"引导、关注正能量人物的成长与发展，通过校园其他活动的绿色通道为其服务，如学术讲座、素质拓展、读书沙龙等，使其从优秀人才向卓越人才进步，使之成为"学生先进事迹宣讲团"[1]"班级凝聚力建设"[2]中的骨干，成为"榜样法大"[3]"感动

---

[1] 学生先进事迹宣讲团：选择优秀学生榜样，开展先进事迹宣讲报告会。
[2] 班级凝聚力建设活动：加强高校基层班团组织建设，以多样化活动增强正能量聚集效应。
[3] 榜样法大颁奖典礼：国家奖、校长奖等奖学金颁奖典礼，表彰各方面优秀学子，树立品学榜样。

法大"[1]中的代表，最终促进个体、组织、群体之间互动发展。

"CUPL正能量"是一种"发现"，平凡中寻找不凡；是一种"传递"，以信念影响彼此；是一种"激励"，让优秀者追求卓越；是一种"循环"，实现个体、组织、群体的良性互动与持续发展。

"CUPL正能量"将坚持不断创新，根据青年学子的实际反馈和需求完善宣传方式和报道内容，努力将大学校园里的正能量不断传播、发扬，并影响更多的校内外公众。

---

[1] 自强之星——感动法大人物评选活动：激励青年自立自强，鼓励、帮扶家庭经济困难学生成长成才。

寄语"CUPL 正能量"采编团队

2020 年春季的军都园格外冷清,拓荒牛前的玉兰花开了又落。八年光阴弹指一挥,但一个又一个饱蘸着激情、初心与正能量的故事,仍温暖着一届又一届法大人。在校庆来临之际,《"CUPL 正能量"人物访谈系列报道合集(Ⅳ)》又将与大家见面。

"CUPL 正能量"人物访谈系列活动以"低门槛、高频率、接地气"为特征,通过发掘法大青年身边"人人可做、人人能做、做到做好"的"平凡小事",成为大学校园主流文化的"创造者、发现者、表达者、放大者"。自 2012 年 10 月活动创办至今,从"人人网""校园 BBS"到微博、微信,200 期栏目报道传播了 200 个来自法大师生的青春故事,始终启发着青年发现榜样,引导着青年了解榜样,鼓励着青年学习榜样。

本书为"CUPL 正能量"人物访谈系列报道的第四本合集,收录了从 2017 年秋季学期到 2020 年春季学期,从第 151 期到第 200 期的人物报道文章。书中,研究生支教团成员用青春和爱点亮了远方孩子们的希望;准律师协会的法律援助志愿者学以致用,努力践行习近平总书记"德法兼修 明法笃行"的勉励语精神;刑事司法学院 2014 级本科生王彩夫勤工俭学带着父母一同毕业旅行;国庆 70 周年群众游行"民主法治"方阵的道具安检组师生无怨无悔地提供后勤保障服务;新冠肺炎疫情期间，湖北校友陈胜逆行于"火神山""雷神山"之间，担当江城摆渡人……

2020年5月4日青年节，我们发布了第200期——"法大青年：做'致公精神'的追光者"，以此来激励战"疫"斗争中的法大师生。"责任与担当"不仅仅是这一集正能量人物共有的品质，事实上，那是法大人永远传承的精神与信念。星星之火汇成燎原之光，用青春谱一曲无悔篇章，一个又一个正能量人物释放着光与热。不必仰望，榜样就在身边，看看周围的"你、我、他"，你的舍友、我的同窗、他的社团伙伴，这就是我们寻找的"CUPL正能量"——那些蕴藏在平凡生活中的不平凡的"寻常事"与"普通人"。

去发现、去记录、去感悟，步履不停。这本书，先后由2015级至2019级共五届团委宣传中心通讯社的记者参与采编。属于每一个人的社团时光终有句点，但书写下的正能量故事与精神，却可以蓬勃生长。谨以此书纪念你们的青春法大！

第200期，一个新的开始！在今天，与你相拥！愿点点星火能将你我照亮，愿我们心中有火、眼里有光，愿我们一生都怀着来自军都山下与小月河畔的正能量，一直向着远方，一路前行！

团队指导教师：朱林
2020年5月4日

目 录

【CUPL 正能量第 151 期】张佐奇：以运动之名 …………………… 1

【CUPL 正能量第 152 期】凌彤：文学漫步者 …………………… 5

【CUPL 正能量第 153 期】马克思主义协会：马克思主义青年践行者 …………………… 10

【CUPL 正能量第 154 期】第十九届研究生支教团 …………………… 16

【CUPL 正能量第 155 期】学工守望者：有你陪伴才是家 …………… 22

【CUPL 正能量第 156 期】张焕然：让学术焕然一新 …………………… 27

【CUPL 正能量第 157 期】"海外支持计划"志愿者：英语学习的引路人 …………………… 31

【CUPL 正能量第 158 期】五人小组：司考路上的伙伴 …………… 37

【CUPL 正能量第 159 期】刘奕君："春蕾"公益女孩 …………………… 42

【CUPL 正能量第 160 期】徐敬旭：行在当下的保研者 …………… 47

【CUPL 正能量第 161 期"五四青年节"专稿】曲雯嘉：山海那边的文化使者 …………………… 52

【CUPL 正能量第 162 期】蓝涛：平凡的足球爱好者 …………… 59

【CUPL 正能量第 163 期】樊玉洁：行远致公弄潮儿 ………… 65

【CUPL 正能量第 164 期】薛宁莹：不简单的英辩手 ………… 71

【CUPL 正能量第 165 期】准律法援：公益法律实践团队 …… 78

【CUPL 正能量第 166 期】王彩夫：和父母一起"毕业旅行" … 86

【CUPL 正能量第 167 期】李悦：做有志趣的拾遗者 ………… 92

【CUPL 正能量第 168 期】符翔宇：按快门的人 …………… 98

【CUPL 正能量第 169 期】李娴姝：一缕青丝，一寸善意 …… 104

【CUPL 正能量第 170 期】周果：计算机"男神" ………… 109

【CUPL 正能量第 171 期】程婷如：成长体悟者 …………… 114

【CUPL 正能量第 172 期】丁昕戈：简约主义学霸 ………… 119

【CUPL 正能量第 173 期】张素芳：竹二楼里的"妈妈" …… 124

【CUPL 正能量第 174 期】强军协会：法大强军人 ………… 130

【CUPL 正能量第 175 期】基层校友专稿
——李淑闻 & 李诗阳：因法大盛放的青春 ………… 136

【CUPL 正能量第 176 期】胡梓聿：生活跑者自由派 ……… 143

【CUPL 正能量第 177 期】胡心远：法大梦想播种者 ……… 148

【CUPL 正能量第 178 期】王映霞：志愿者的微光 ………… 153

【CUPL 正能量第 179 期】345 诗社：不老的远方 ………… 159

【CUPL 正能量第 180 期】张暄：做自己
——演好生活的角色 …………………………………… 165

【CUPL 正能量第 181 期】王锡元：好书如"盐" …………… 170

【CUPL 正能量第 182 期】蔡千一：诗中自由鸟 …………… 175

【CUPL 正能量第 183 期】李维龙："信"跑者 …………… 181

【CUPL 正能量第 184 期】康乾伟：奋斗是对祖国最好的告白 …… 187

【CUPL 正能量第 185 期】道具安检组：二十二方阵的
"核心关节" ……………………………………… 192

【CUPL 正能量第 186 期】黄琼芬：二十二方阵的
"最美备份" ……………………………………… 198

【CUPL 正能量第 187 期】胡沛然：用成长为祖国献礼 ……… 204

【CUPL 正能量第 188 期】十四中队：彩车背后的行进者 …… 210

【CUPL 正能量第 189 期】宁永彬：研路漫行者 ……………… 216

【CUPL 正能量寒假特稿】决胜 NCP 疫情的法大人 ………… 222

【CUPL 正能量第 191 期】张雯琦：社区防疫志愿者 ………… 228

【CUPL 正能量第 192 期】于笑野：服务家乡的"红马甲" … 233

【CUPL 正能量第 193 期】陈胜：江城摆渡人 ………………… 239

【CUPL 正能量第 194 期】雷蕾：愿做身边人的暖阳 ………… 244

【CUPL 正能量第 195 期】法大研支团：普法战"疫"
云播客 ………………………………………………… 248

【CUPL 正能量第 196 期】王诗琦：线上抗疫志愿者 ………… 256

【CUPL 正能量第 197 期】梁珺：从"新"开始，用心做起 …… 262

【CUPL 正能量第 198 期】王娜：公益直播间里的"主播" ……… 267

【CUPL 正能量第 199 期】"防疫普法"微课堂：法律援助的
　　青年力量…………………………………………………… 272

【CUPL 正能量第 200 期】法大青年：做"致公精神"的
　　追光者……………………………………………………… 279

后　记……………………………………………………………… 289

【CUPL 正能量第 151 期】张佐奇：以运动之名

文 | 团宣通讯社　陆　娇　陈广浩

引言："现在和你说这事我都觉得遗憾，比赛结束之后我不知道模拟了多少遍。"满是羽毛球的场地旁，刚刚结束训练的张佐奇擦着满头大汗，出神地看着远处的球网。

人物简介：张佐奇，社会学院心理学 1501 班学生，十分热爱体育运动，特长羽毛球，初入大学，就成为学院羽毛球队的一员，后来不但成为羽毛球队的队长，同时还兼任篮球队和藤球队的队长。

母亲，最好的教练

张佐奇的羽毛球之路，与母亲的陪伴是不可分割的。

幼儿园时期，许多孩子还在家里搭积木的时候，张佐奇偶然间与羽毛球拍一见钟情。母亲打完球之后顺手把球拍放在客厅的桌子上，年幼的张佐奇非常惊讶：一个个小格子怎么会这么整齐!?他的热情与好奇都被母亲看在眼里，自那之后，母亲每次进行羽毛球单人训练，都会带上一个小尾巴。

母亲在体校待过一段时间，因此非常重视张佐奇的体育锻炼，在小佐奇上小学之前特意将他送到夏令营和专业教练学习基础动作。张佐奇在羽毛球运动上也的确有天赋，在母亲的支持下，张佐奇从打"野球"到接受"正规训练"，从小学到初中，陪练的对手也从社区的叔叔阿姨变成了专业球员。

一路打到初中三年级，羽毛球早已成为张佐奇日常生活中不可缺少的一部分。即使是中考的关键时刻，他也照旧在中午休息时约同学在体育馆挥洒汗水。母亲看着他"乐不思蜀"的样子暗自焦急，只能偷偷地将羽毛球拍藏起来。

"我真的找了好久，找到过一两次后拍就被锁了起来。"张佐奇有些难以接受，曾经不断鼓励自己认真打球的母亲居然做出这样的举动，他暗自在心里憋了一股气。直到顺利考上高中，他也理解了母亲的良苦用心，"虽然当时有些难受，摸不到拍子心里有点痒痒的，但是现在想想也都是小事"。

直到现在，张佐奇还能清晰地感受到十几年之前"第一次接过羽毛球拍时感受到的重量"。他的右手虚握了一下，"握拍、挥拍、击球"这些动作，潜移默化地融入了他的生命。

社院的"张企鹅"

张佐奇顺利来到法大，意味着自己对羽毛球的热爱终于没有了任何阻碍。

"上大学以后的第一场比赛就是羽毛球比赛。"张佐奇觉得有些"命中注定"的感觉。虽然是学校内部院际的团体赛，但是社会学院当时还没有成立羽毛球队，临时组建的一支队伍并没有获得特别好的成绩，"我的场次都赢了，但是团体比赛最后却输了"。

张佐奇内心的骄傲受到了打击，抱着"要为学院重新夺回第一"

的念头，他报名参加了 2016 年春季运动会的跳远、跳高、100 米接力和 400 米接力，共计四个项目。四项比赛的时间非常紧凑，每项比赛之间根本不给他太多喘息的机会。刚从上一项比赛中出来，其他人还在喝水休息的时候，张佐奇不得不再一次地走入检录场地。初春的微风带着沉重的呼吸声灌入张佐奇的耳朵、鼻腔和咽喉，"累得连咬牙的力气都没有了"，放弃的念头也开始不断在脑海中回响。

"社！会！加油！"来自观众席的呐喊如同惊雷般灌入张佐奇的耳膜，他叹口气："坚持吧！都跑到这了。"浮现在脑海里的"不断诱惑着自己的软软的床"远去了，他深吸口气，继续朝着终点奔跑。

在同是社会学院心理专业 1501 班的麦浩敏的印象中，虽然张佐奇的纠结和痛苦她没有办法体会，但是比赛结束后"累得走路都像只企鹅"的背影深深地被她记了下来，从此"张企鹅"的外号被亲昵地传开。"不过真的很心疼他"，麦浩敏说。

为集体荣誉而战

"荣誉、呐喊、支持"，这是两年多的院队和校队生活给张佐奇留下的不可磨灭的印记。

无论是与校羽毛球队的易王瀚师兄切磋球技，还是和徐伊洁师姐一起创办社会学院的羽毛球队，或是参加校级、市级的羽毛球运动比赛，尽最大努力来为学院和学校取得荣誉一直是张佐奇不变的目标。"我这个人可能有一点点的懒，但是在这些事情上，我就想做到最好，做不好也要一直做下去"。

对于张佐奇来说，荣誉、成功、无懈可击的背后都是"认真"两个字。麦浩敏提到最多的是 2017 学年秋季学期第一场校园篮球比赛，社会学院与对手奋力拼搏，在以 2 分的差距落后一步的情况下，最后一秒钟张佐奇接过队友的传球，稳稳地站在了三分线外，全场屏息，但最终没能如愿进球。

失去了绝杀的机会，"其实没有人去怪他失手"。但是对于张佐奇来说，"实在是太遗憾了"。总结会后，队友拍拍他的肩膀逐渐散去，张佐奇则拿着球留在了球场。他站在三分线上一个接一个地投着球，一直到天黑才离去。"以后每次打球都会想起这件事，每次打球前都要模拟好几遍。"半个多月过去，比赛早已结束，但是少年投篮的背影却每天都准时出现在球场。

"很多人在支持我，我不想辜负大家的期望。"虽不是运动员，但作为一名有着运动精神的普通人，为集体荣誉而战的张佐奇，伴随着体育馆里每一次挥拍，赛场上每一次跃起，汗水滑下的声音也铿锵有力。

【CUPL 正能量第 152 期】凌彤：文学漫步者

文丨团宣通讯社　陆　娇　曹晓晨　李昕媛

采访丨团宣通讯社　蒋恩第　岳梦雪　李昕媛

引言：年少的良好启蒙，多年的耳濡目染，凌彤与文学结缘已久。从咿呀学语的孩童到沉静稳重的才女，从一知半解到腹有诗书，从兴趣到专业，文学于她，早已成为日常生活的一部分。

人物简介：凌彤，2014 年进入中国政法大学新闻学专业学习，因爱好文学，后转入人文学院汉语言文学专业。她对古代文学颇有造诣，博闻强识，典故信手拈来。能诗擅赋、能歌善舞，曾两次获得北京市大学生人文知识竞赛二等奖。

来自家庭的启蒙

"可能因为家里的书太多了，我从能读的时候就开始看了。"凌彤微笑着说道。

最开始看得津津有味的《八十天环游地球》《复活》和《呼啸山庄》等西方小说，渐渐因为"那些故事一看就能理解"而失去了吸引力，凌彤开始寻找"更有难度"的书籍。恰好外婆对中国古代文学的兴趣颇浓，见凌彤跃跃欲试的样子，便兴致勃勃地将半文半白的《东周列国志》翻译给小外孙女听，那时凌彤 10 岁。

外婆念得比较慢，凌彤悟得却很快。不过念了十回，已经差不多能听懂原文了。"我想着这得多长时间才能念完一本书啊，还不如自己看"。于是她婉拒了外婆的翻译，接过书从头开始看了一遍。王朝风云变幻、历史精彩纷呈，半文半白的文章仿若有了生命般在她脑海中闪现，凌彤不由自主地掉进了中国古代文学的海洋之中。

由于家庭环境和个人偏好，凌彤喜欢唐诗宋词，随着年龄的增长，光是背诵和默读已经不再能满足她了。小学三年级，当凌彤满怀欣喜地抱着自己写的七言绝句去向家人与老师"讨教"时，虽然受到了老师和校长的肯定和鼓励，但是略通文学的母亲却毫不留情地指出"得顾着格律，不能瞎写"。凌彤有些受打击，"大人们也不跟你说具体哪里用韵不对，只能自己去钻研"。于是凌彤买下了王力的《诗词格律》，"自己去看，慢慢地我就比他们还要懂格律了"。

回忆起幼时的执着和懵懂，《百家姓》《唐诗三百首》《春秋左传注》和四大名著，那些品读的古代文学，宛若一叶扁舟，载着凌彤自由地飘荡在历史悠悠长河中，享受其润物无声的滋养，终腹有诗书气自华。

人文法大与法大人文

来到法大后的凌彤，经过一年的新闻专业学习之后，还是下定决心要学习文学。考虑到专业学习的压力，最终降了一级成为人文学院汉语言文学专业的一员，开始系统地学习专业知识。

从兴趣到专业学习，对凌彤而言，不啻一次巨大的转变。在此之前，对古代文学的认知"就是一般人的认知，唐诗宋词元曲明清小说等都是很具象的东西,你会觉着它们很美,能够陶冶人的情操"。但是当开始专业学习时,接触到的是研究古代文学的方法,"我们开始从文献的角度去研究,从文学理论的角度研究,从具象的内容里升华出了抽象的理论"。

由于深厚的文学积累,凌彤对于学科的研究总有着自己的看法。用人文学院徐文贵老师的话来说:"凌君老成持重,常知无不言。"课堂上老师总是会与凌彤对话,同为人文学院汉语言文学专业1401班的梁晓怡感慨道:"看着凌彤总是坐在第一排与各个老师聊着古汉语、古代文学、文学理论等各种课程的理论,真的觉得好厉害。"

虽然在学习中"多有迷惘、乱梦、无助相随",但是幸而也遇到了良师益友。为了参加北京市大学生人文知识竞赛,当时还在浙江交流的凌彤回到北京,期间特意找到人文学院的徐文贵老师,两人如朋友般坐在办公桌两边,凌彤将长期困扰自己的烦恼向徐老师倾吐,促膝长谈。"老师教导我要与古人去比较,好歹也看了这么多书,这么一想,我就明白了",凌彤感慨道。

无论是与文学结缘是与老师相识相交,这些不足为外人道也的温情,是来到法大后因缘相遇的幸运。

一个人的文化苦旅

"生活中遇到不开心的事情,看文学作品是不会带来慰藉的,文学作品看多了,你就会发现大家都苦",这是凌彤长时间阅读后最深的感悟。

凌彤发现,很多伟大的诗人学者都摆脱不了悲剧的命运,"这种感悟是自古以来中华文化精神的延续。这个传统从屈原、司马迁、杜甫开始,一直到王国维,都是如此"。陈寅恪对这些悲剧命运的理解,凌彤也深以为然:"凡一种文化值衰落之时,为此文化所化之人,必感苦痛,其表现此文化之程量愈宏,则其所受之苦痛亦愈甚;迨既达极深之度,殆非出于自杀无以求一己之心安而义尽也。"

也因此,与文学相处的时间越久,文学对凌彤的影响就越大。除了"会提升气质"之外,凌彤察觉自己越来越能够耐得住寂寞。

凌彤从文学中看到问题,也同样在文学中找到答案:"快乐只能是一时的,生活中多是一些平淡的事,做学问本身就是平淡的,它就是你平淡生活的一部分。"就像她反复强调的那样:"究者不爱,爱者不究。"无论年少对文学的热情多么澎湃,最后化作专业学习时,都需要回归到平淡的状态。

如今的凌彤,已经顺利保送至北京师范大学攻读古典文献学专业。她也考虑过未来专注学术的人生,面对功利熙攘的社会百态,她依旧保

持着自己"文学梦"的初心,时时刻刻地警醒着自己:"要在不断自我否定中发展自己,一切不能太早下定论。"

靡不有初,然知有终者,惟君子当知。

【CUPL 正能量第 153 期】马克思主义协会：
马克思主义青年践行者

文｜团宣通讯社　陆　娇　董浩然　焦时悦　张澳璇　蒋恩第

引言：在法大有这样一群马克思主义理论的研习者，他们不仅畅游于书海，学习马克思主义发展基本历程；更将满腔热血挥洒于理解、研究马克思主义中国化的实践与发展中，希望帮助同学们学会用马克思主义理论分析当今纷繁复杂的社会现象，学习用马克思主义理论指导自己成长和发展。他们是"中国政法大学马克思主义协会"——一群心怀理想的马克思主义青年践行者。

人物简介：中国政法大学马克思主义协会，简称"马协"，2017 年成立。除定期组织读书会与讲座活动等理论学习之外，还多次组织劳动行业调研等社会实践。社团以"独立之精神，越纷纭而致真；公有之理想，析劳资而亲民"为社训，立足于人民群众，以劳动者视野审视和分析社会热点与时代发展。

从学习圈到社团，传承马克思主义精神

2016 年，法学院 1401 班的于宗伦、商学院经济学 1501 班的林恒宇等同学因为志趣相投，便以"马克思主义原著阅读"为主题申请了一

个"友思"学习圈。

在身为创始人之一的林恒宇眼中，"马克思唯物史观的解释力和推测力都很强，特别是大学学习了经济学之后，在一些宏观层面上，利用马克思主义理论解释会比较清晰"。这一点在学习圈成员之间是能够达成共识的。郝正新是刑事司法学院 2016 级的研究生，她回忆自己的法学哲学学习之路，从康德的唯心主义哲学开始，到马克思主义的唯物主义哲学，多方比较下，"马克思主义的哲学对现实生活更有解释力"。在这样的状态下，每周聚在一块儿开经典读书会，闲暇的时候去工地调研，"大家都觉得很受益"。

通过口碑效应，"马克思主义原著阅读学习小组"的成员不断增加，很快就达到了 28 人。少数人组成固定小组进行集体学习的形式已经不能满足大部分成员的需求,理论学习时无法顾及所有人的想法,调研实践时没有一个正式的由头也多有不便,更重要的是,一旦有重要成员离开,一些长期开展的研究项目便会中断。

"我们需要成立一个校园性质的、具有传播性和传承性的组织,只有这样我们才能更好地推进社会实践与调研。"几个同学商量了一下,将学习圈转变为正式社团的想法应运而生。

知难行易,越纷纭而致真

"马协"正式成立之初,内部的成员们在未来发展的方向上存在着较大的分歧。林恒宇回忆道:"有的人想要维持学术理论研究小众化的状态,有的人却想将协会办成在法大弘扬社会主义精神的存在。"两方都有理,况且马克思主义理论不仅讲究"解释世界",更要求"改变世界",所以最后"马协"选择将两个方向协调发展:以学术和实践为两翼去构建整个社团。

在选择理论研习的相关材料时,"马协"主要致力于与马克思主义相关的哲学、社会学、经济学类书籍。由于不同成员对马克思主义理论的了解水平参差,"马协"的创始人们在与指导教师郭伟和教授商量之后,决定分别为成员们推荐不同难度的阅读材料。

接触马克思主义不久的初学者,较为合适的阅读材料一般为以马克思主义原理为指导的社会学类调查报告。渐渐地,随着理论素养的积淀,社团会引领成员对某些较为高深的原文著作进行研读,譬如马克思的《资本论》等。除此之外,协会还会在理论学习中添加对时政的分析点评,对"魏则西事件""谷贱伤民"这些社会现象的解析充分调动起了成员们对于学习的积极性。政治与公共管理学院国际政治专业1701班的林欣妍有切身的体会:"这些理论学习并不形而上,站在工农的角度来看待国家发展中的问题,让我对身边的无产阶级的生活有了更

多的了解。"

见之不若知之，知之不若行之

郝正新是社团中一个深受马克思主义理论影响的典型代表。

越是深入了解马克思主义理论，郝正新就越会发现自身的不足："马克思主义最关心的还是无产阶级与无产者，但是我们大学生却根本没有接近他们的渠道。他们的真实境遇如何？他们的出路在哪儿？他们的生活现在是什么样子？"思考过后，郝正新决定和自己的同伴们开始着手实践。

除了寒暑假、双休的访谈式调研之外，令郝正新印象最深刻的一次是在亦庄打工。这是北京房山区的工业园区，一个大型物流转接点，那里的中小型企业经常会招一些短期工。郝正新、于宗伦和国际法学院2015级的梁宇三人提前一天到达了那里，花了30块钱，在小旅店凑合了一晚。

次日清晨6点，天空还是灰蒙蒙的，三人从招工街的一头往下走，街道狭长，两边分列着招工的小摊位，摊位上放着用硬纸箱做的招工牌，歪歪扭扭的字迹写着"170元~180元一天，日结，早8点到晚8点"。"走了半条街，突然天空飘起了雪花，好像终于把自己'卖'出去了一样"，郝正新笑道。

谈妥工资后，三人被面包车拉到工厂，开始快递包裹的分拣工作，"每当一个架子码到比我高一头的时候，就要把它拉走再换回一个空架子"。货物在流水线上源源不断地涌来，眼看着这一波还没分完，下一波已经过来了，郝正新手忙脚乱地将货物往下推。从早上7点做到晚上7点，中途只有一个小时的休息时间用来吃午饭。"一天下来根本没有

停歇，实在是太累了，不仅是身体上的疲惫，精神上的压抑也根本没有办法疏解。"

　　除此之外，"马协"还对快递小姐姐进行访谈，与工地 50 多岁的大叔们一起唱 K、看电影、聊天，听他们讲述村子里那些琐碎的、无奈的小事。这些人对于阶级差距的清醒认识与阶级固化的悲观，让成员们走出了象牙塔，郝正新说："不能不去同情，但同情之外，我们可以学好《劳动法》，为他们做一些力所能及的事情。"

　　"独立之精神，越纷纭而致真；公有之理想，析劳资而亲民。""马协"的社训中，寄托了创始人对独立学术氛围、追求真知灼见的殷切希望。而无论是在理论学习中保持清醒自主，还是在实践中葆有济世情怀，对于后来的践行者而言，都还有一条很长的路要走。

【CUPL 正能量第 154 期】第十九届研究生支教团

文 | 团宣通讯社　陆　娇

引言："支教是'扶贫先扶智'的过程，我们去基层，不仅是带去自己的光和热，更重要的是为后来者点燃前路，为服务地带来希望。"梁兴博回想几个月来，自己和法大支教团的伙伴们在支教地发生的故事，他很庆幸自己一年前的选择。"用一年不长的时间，做一件终生难忘的事。"

简介：中国政法大学第十九届研究生支教团，全称为"中国政法大学中国青年志愿者扶贫接力计划第十九届研究生支教团"，组建于

2016年9月，共由23人组成，于2017年8月奔赴全国四省五地开展支教活动，具体方案如下：新疆维吾尔自治区阿勒泰市和石河子市各6人，云南省楚雄彝族自治州姚安县3人，江西省赣州市宁都县4人以及山西省吕梁市石楼县4人。青年志愿者们秉承"厚德、明法、格物、致公"的校训，不到半年的时间里，在认真完成教学任务之余，还在支教地积极开展十九大精神宣讲以及具有学校学科特色的法律普及讲座等课外活动。

老师是个良心活

小蒜镇第三中学地处石楼，是国家重点扶贫县，在重山环抱之中。初来乍到，潘俊和其他3个支教团的成员转遍了整个早市，惊喜地发现了"两棵新鲜的小生菜"，4名吃惯了"蜀味轩"的小伙伴松了口气："还好嘛！没有我们想得那么苦。"抱着这样心态，他们很快适应了小蒜镇的生活。

然而，让"新老师们"焦虑的是，虽然是中学阶段，但三个年级146个学生中，仍有五六个孩子的基础非常薄弱，"识字和乘法口诀都存在问题"。有限的升学率和普遍复杂的家庭状况，限制了孩子们对大山之外的世界的憧憬，"没有来到这儿之前，真的想象不到这种情况"，张志文感慨道。

山西分团的四个小伙伴积极地和学生沟通，摸了底才有了底，他们及时地调整备课方案，暗下决心要有所作为。张志文教授两个班的历史课，在学期期中考试中两个班的平均分较往年提高了9分。"自己一个地地道道的理科生，对着一本毫不熟悉的历史教材，从一开始的无从下手，到现在摸索出'理科思维指导下的教学模式'。"他自嘲中带着欣慰。的确，成绩就是孩子们对老师辛勤付出的最好回报。

新疆分团的张韬为了辅导孩子们参加自治区历史知识竞赛，不但自己收集相关历史地理知识，还一字一句地找问题，再向中学的历史老师们请教、修正，用三周的时间编纂出了一本辅导教材；云南分团的栾文朔带英语实验班，经常有班里的孩子因为沉重的学习压力产生退缩的念头，他要求自己"盯得紧一些"，还时常和同学们聊天减压，在孩子们疲惫时给他们打气，"通过聊天不但能解决孩子们的心理问题，还能让他们的学习更有动力"。

"老师的确是个'良心活'，无论你讲得如何，学生始终会用崇敬期待的目光看着讲台上的你。"也因此，"如果你想要给学生一杯水，自己就要先准备一桶水"。这群来自法大的大学生心怀期许与担当，踏实地扎根在晋西山坳、云贵高原……

遇见年轻的自己

"恐怕我中学的时候，比他们还淘气吧！"在云南省楚雄彝族自治州姚安县大成中学支教的马天一很受学生们欢迎，下课时后，孩子们都喜欢围住他，叽叽喳喳地问问题、跟他聊天。面对"老师是哪里人呀""喜不喜欢吃米线"这些天真而可爱的问题，马天一总是操着东北口音一一对答，惹得同学们忍俊不禁。

调皮捣鬼的孩子也很多，但似乎"说理、说教"并没有多好的效果。"跟他们相处要学会他们的方法，不能滥用老师的权威，重点是要让他们意识到自己的问题。"晚自习时的班级通常吵闹不堪，颇让人"恼火"，"怎么说都说不听，我只好把小孩的名字记下来，吵过了一阵再让他们上讲台在黑板上写字"。想到当时的场景，马天一得意一笑，而"淘气包"们表示歉意做的小礼物也让他实感温暖,"孩子们扎一个气球、叠一朵小花,我都摆在桌子上"。

四个多月前还只是普通法大学生的他们,如今走上了十多年来一直崇敬的讲台,与教室中孩子们的眼神发生碰撞,仿佛坐在课桌后面的就是曾经的自己。他们正经历着"小老师们"曾走过的困惑和迷茫,看着孩子们投来信任的目光,张韬时常联想自己中学时期的读书经历:"那个时候多想有人给自己些建议啊!所以当学生们有问题时,真的很想一字不漏地告诉他们所有的办法和建议。"

想要做的事情太多

"阿勒泰三中是这个地区比较好的学校,学生缺乏的不是教学,而是课余生活。"新疆分团的梁兴博经过自己的观察,这样认为。

借鉴在法大校园的学生组织和社团工作经验,梁兴博和伙伴们创建了阿勒泰三中团委下辖的学生会、青年志愿者协会、组织部、广播站等学生组织，逐渐完善了晚自习检查等学生管理制度，还成功筹办了第一届"团结杯"高中男子篮球赛。来自不同民族的同学们在球场上交锋比试，赛前一起喊着"向对方学习"的口号，赛后相互握手致意。

　　姚安县的支教成员在周末会参加团县委组织的驻村扶贫工作，根据民政局等相关部门的脱贫登记情况对贫困户进行走访，完善每一户的档案；石楼县的成员们通过摸底学生家庭收入、家庭成员等基本情况，了解不同家庭对"扶贫扶助"需求的紧急程度，尽可能地将"冬衣捐赠"等活动的有限物资分配到最有需求的家庭中。

　　2017年12月4日是第四个国家宪法日，分散在全国四省五地的研支团成员们先后在支教地开展了形式多样、内容丰富的系列普法活动。阿泰勒分团立足于新疆地区的校园生活实际，准备了融合维护国家安全和民族团结、预防青少年犯罪和未成年人权益保护等内容的普法材料，

宣传了宪法、刑法、国家安全法和未成年人保护法等法律法规和自治区条例的基本知识；江西分团组织了以"宪法在我心中，做知法懂法守法的出彩学生"为主题的国旗下演讲，还针对学生的心理特点和接受程度，开展法治教育知识讲座，讲解最易在学生中发生的盗窃罪、故意伤害罪等典型案例。

"我们想要做的事情太多了"，梁兴博看着数月以来的成果道，"一年的时间看着虽长，但是却远远不能够完成研支团这个组织的使命"。"团结、传承、使命"，法大研究生支教团，就这样走向下一个 20 年。

【CUPL 正能量第 155 期】学工守望者：有你陪伴才是家

文｜团宣通讯社　陆　娇　陈　钢

引言：春节是万家团圆的日子。可即便是除夕，红火的灯笼也很难装点起空荡荡的校园。一想到除夕之夜，学校还有不少没能回家过年的同学们，作为一名负责学生工作的青年教师，迪达尔·马力克不禁地思考："我还能为他们做些什么？"而这也是她陪伴寒假留校同学们度过的第三个春节了。

简介：从曾经的"新春团拜会"到现在的"留校学生庆新春座谈会",学校历来都有组织寒假留校学生集体过春节的传统。2018 年春节前夕,学校学生处、保卫处、后勤工作委员会办公室等部门为留校过春节的学生召开了庆新春座谈会,来自国内外的 20 余名留校学生代表参加了活动。2 月 15 日除夕,15 名留校师生一起贴春联、一起聚餐、一起看春节联欢晚会,一起度过了一个难忘而美好的新春之夜。

学生工作者的用心相守

曾是中国政法大学女足主力的迪达尔·马力克,常被相熟的同事和同学称为"迪哥",但她对待学生、对待她所称为"事业"的学生工作,却有着丰富的情感投入。

即便是第三次陪留校同学们过春节,"但我明白我的陪伴还应当再'细腻'一些,我很担心自己陪不好这群没有回家的孩子们"。

为了使同学们的微笑不仅仅是出于礼貌,她学会了"爱的五种语言"——肯定的言词、精心的时刻、接受礼物、服务的行动、身体的接触,并以此为除夕晚宴做着精心的准备。

师者仁心。在春节前夕的"寒假留校学生庆新春座谈会"上,来自两个校区的老师们便开始商量着如何与留校的孩子们共度特殊的跨年夜。

学生处卜路军老师回想起几年前,那时留校过节的学生多,学校为同学们举办"新春团拜会",给同学们发"过年红包"作为留校生活的补助,为了提前准备好红包,卜老师都会在银行停业前,把大量的现金取出来、妥善保管;同时,由各学院辅导员老师们悉心地把留校同学们的名字一一梳理出来,卜老师再给每个人包好红包,等到每个同学们都喜气洋洋地领到红包后,他才能把"吊着的心"放下、踏踏实实地过年。

而今留校的学生虽然少了,但学校的关爱却一点不少,留校值班的老师们不但为同学们准备了"过年红包"、年夜饭,更有充满仪式感的守岁聚会。

用真诚换真心

因为备考、实习、兼职等原因留在学校的同学们,其中有一些已经做好了"度过人生中第一个孤单春节的心理准备";也有一些长年在外求学的同学们,早已习惯了独自在他乡迎接新年。

来自社会学院的阿卜杜说:"虽然这是我在异乡度过的第5个新年,但是我确定在法大除夕的联欢晚会是我人生中最特殊的一次、最有意思的一次。"

为了将留校的同学们聚到一块,迪达尔创建了"2018一起过除夕夜"的微信群聊,她想"这一天留在校园里的同学,可能更需要有人告诉他——'你是值得用心陪伴的'"。

除夕那天，一早起来，"迪哥"开始在这个小群里主动卖萌、不停地告诉孩子们"我在等你们"。"迪达尔老师跟我们说每人身上要有一件红色的东西，然后准备一份小礼物互相赠送。"人文学院的王艺璇因为实习没有回家，她清楚地记得那个"很有仪式感"的聚会。

于是，中国红便成了那个既不太隆重也不正式的晚宴的主色调。红毛衣、红围巾、红外套、红帽子，来不及准备红衣服的同学诚意满满地拿来了红色的篮球服，或是抱着"旺旺奶糖"的红色大罐子。

这些热闹喜庆的组合渲染了一个温馨的夜晚。为了让彼此陌生的同学们尽快打开心扉，迪达尔让大家和别的同学一起做一些小事，贴春联、摆家具、准备食物和音箱……

部分同学来自其他国家、有着不同的民族风俗，但大家彼此尊重，在中国最重要的节日里也聊起了自己家乡的传统节日。大家的感情在温暖的小环境中开始预热、慢慢升温。

"感谢今夜的相伴"

"既然在中国过春节,那这一天也是他的节日。"来自乍得共和国的留学生玛拿西说道,为了参加聚会,他很认真地穿了一件鲜艳的中国红开衫。"把春晚当作背景,我们才是主角!"15个人的跨年晚宴成了除夕之夜法大校园里最热闹的地方。

看央视春晚不过瘾,玛拿西唱了一首超级好听的母语歌曲之后,大家就各自拿着手机一边比划、一起"嗨歌",当所有人都站了起来,一直唱到快零点倒计的时候,都唱不上去了、也吼不动了。

孩子们畅快的笑声、痛快的叫声、欢快的神情,迪达尔都看在眼中、留在心底,恍若自己进入了家长的角色:"孩子们啊!平时也许有很多不如意,倒计时后都重新开始吧!生活会深爱我们的!"

"几个小时前,我们彼此都是陌生人,然而几个小时后,我们竟感到如此亲密",来自刑事司法学院的奥布力回想除夕一夜感慨道,"虽然大家都因为各种各样的原因,没能回家过年,但在学校,我们同样让彼此感受到了家的温暖。我想感受到温暖和爱,这应该就是过年真正的意义吧!?"

"想长大的小麦籽儿"在给迪达尔的留言里这样写道:"总以为寒假留在学校一定会很孤独,从没想过能过得如此开心,感谢今夜的陪伴……永生难忘,感恩!"凌晨1点,迪达尔和每一个同学们紧紧地拥抱,大家在心底里共勉,新一年的奋斗开始了!

【CUPL正能量第156期】张焕然：让学术焕然一新

文｜团宣通讯社　李卓凡　张澳璇　刘　瑾　马友鹏

引言：公众号"杰然不瞳"的每篇文章，都完整地列有目录、引言、正文和结语。哪怕是罗马法文献目录的整理，作者也会条分缕析，枚举国内外数十本罗马法教材的特点与版本，"完全不亚于一篇正规的学术报告"，其严谨之风蕴于数万字之纸上。张焕然在自己的公众号"杰然不瞳"中这样介绍，"如果知识失去趣味，还会有谁想学呢？"

人物简介：张焕然，中国政法大学2011级法学院1104班学生，2017年7月完成六年本硕连读，目前于德国波恩大学继续攻读LL. M（民法方向）。曾在2014年以446分通过国家司法考试，并获得第十五届"江平民商法奖学金"（第一名）。创办微信公众号"杰然不瞳"，目前致力于德国法学文献的梳理。

钻之弥坚，细心愈研

什么是学术？怎样做学术？2015年，临近本科毕业的张焕然在内心这样拷问着自己。对于民法理论十分感兴趣的他，却仍未下定决心在学术上一路走下去。研究枯燥，前途未卜，张焕然前行踌躇。而就在此时，与易军老师的一次交谈，让他真正坚定了做一辈子学术的信念。

"是易军老师改变了我对学术的看法。"谈起易老师,张焕然总觉得"相见恨晚","他写一篇文章,能够为它准备十年甚至更长"。易军老师对于学术的热情与身体力行感染着张焕然,"做学问首先要有气象,要有全局观……一旦找准自己的位置,就要像千斤磐石那样扎进去,使自己成为地基的一部分"。

毕业之后,张焕然在德国继续深造。他发现,尽管国内已经有很多德国法文献,但对初学者来说却缺少一份"地图"指引。所以,他作出了一个重要的决定:利用在波恩大学的学术资源,整理相关的德国法文献,通过公众号"杰然不瞳"发布出来。

以他对"罗马法文献目录"的整理为例,从目录、引言、教科书纵览和写作局限,到罗马法相关的中外教科书的书目检索和详细介绍、个人感悟,直至结语,洋洋洒洒数万字,"完全不亚于一篇正规的学术报告"。

用大力有余,入细心愈研。如王涌老师的评价"细致的用心和赤忱,显然是在向学者的路上走去"。张焕然希望在业余时间继续寻觅介绍德国刑法、德国公法方面的同行,让学术真正焕然一新起来。

法律难学,学法有方

在他人眼中枯燥晦涩的法学,在张焕然看来,却像是生活的一面镜子,处处可以发掘出学术的价值。而在不断的法律学习中,张焕然也打开了观察生活的另一扇窗,收获了属于自己的独特乐趣。

学习民法的过程,张焕然认为就和"摄像"一样,需要用眼睛拍摄,用大脑的慢镜头播放出来。"捕捉法学的奥妙,不仅需要调焦,更需要懂得慢放。要把生活事实放慢十倍、几十倍乃至几百倍的速度来观察；而事实上，法学院的教授们就是照着这个'无限慢'的速度来写教科书的。"有时日常生活中不过一瞬间的生活事实，当运用极慢的速度重新解释时，便能更有效地把握民法中许多制度的要义。

除此之外，在他看来，学会用抽象的思维去看世界，从纷繁复杂的不同中归纳出事物的相同之处十分重要。这样，走在街上，看到的不仅是实实在在的具体之物，还有其背后那看不见的种种法律关系。生活是最好的法学老师，而在这一过程中，他也学会了用新的概念和视角看待生活中的现象，"也许学法的乐趣之一也就是我们斩获的这一套全新的观察世界的视角吧！"

在走过弯路、不断修正后，张焕然还形成了自己的一套读书经验——"主题式读书法"，即每找到一个感兴趣的主题，便"把与之相关的文献都找出来读一读"。这样由浅入深，他知道自己在什么阶段应该读什么；日积月累，他逐渐从广泛的阅读中培养起自己的法学"智慧树"。

不忘初心，万里长征

德国留学，对于张焕然而言，不只是一段别有意义的国外经历，更是拓展其学术视野的重要阶段。

德国法学源远流长的历史意味着更多的触摸历史、对话大师的机会。通过阅读萨维尼、耶林等人的德文原著，他开始真正深入研究这个民法起源的国家；洪堡、弗洛伊德等法学外的学术大家，则给了他宏观的思考方法；波恩大学罗马法研究所的教授们，更是让他看到了古老的罗马法中不一样的生动活泼。这一切，都为他打开了学术的新天地。

尽管在德国受益良多，但张焕然却从未忘记初心，始终秉持踏上民法学术道路之初的责任和理想。"从决定出国的那一刻起，我就是准备回国任教的。而回国任教的目的也很明确，就是要以自己的方式引导初学者，尽己所能地激发学生的兴趣。"在他看来，科研无疑是必要的，否则学术不能进步；但是，教学同样重要。唯有将科研成果转化为教育成果，"通过生动的教学，把未来更多的有潜力把整个学科往前推的学生吸引过来"，才是作为一名法学教师的责任与担当。

"得之坦然，失之淡然；取自必然，顺其自然。"这是张焕然最喜欢的一句话，也是他多年以来一直秉持的人生态度。他以在学术之路上数年如一日的无限热忱与严谨态度，当之无愧成为一名新时代的学术拓荒者。

【CUPL 正能量第 157 期】"海外支持计划"志愿者:英语学习的引路人

文 | 团宣通讯社　陈广浩　李诗阳

引言:教室的窗户上凝结了一层雾气,窗户上写着:"雅思,加油!"张伊佳持着自己整理的雅思讲义在讲台上向同龄人讲授雅思阅读与写作的方法,时不时分享一些自己的备考经验,鼓励大家坚持下去。

人物简介： 为了帮助家庭经济困难学生通过海外交流的"语言关"——雅思（IELTS）、托福（TOEFL）考试，2018年1月5日至1月15日，学校招募了9名已经通过考试的志愿者，以互助式学习的方式开展"本科生海外提升支持计划"，面向全校学生提供雅思、托福免费培训课程。全校报名参与培训的学生共200余名。

初衷：是义务，还是情怀？

结束了期末考试的同学们陆续回家，准备参加雅思或托福考试的同学们仍埋头书山题海。

来自国际法学院1708班的陈雨阳、尚应瑞通过法大国际交流协会（IEA）了解到学校正在举办的"本科生海外提升支持计划"，计划的学生负责人蔡帅介绍说，这项计划的初衷是"给同学们谋福利、创造更好的提高英语水平的环境"。陈雨阳、尚应瑞二人平时就是英语学习的搭档，看到"征集令"后，便也商量着一起申请授课志愿者。"我们已经考过了，有一些经验，就想和大家分享一下。"于是，与其他 7 位志愿者一样，他们推迟了回家的计划。

同样，身为志愿者的张伊佳在大学四年里经历了英语四级、六级和雅思考试之后，深深感受到英语学习"是一件漫长的事情"。"犹如水滴石穿，说不累那是不可能的，说孤独却是绝对的。"然而，除了分享经验之外，对于张伊佳而言，报名参加志愿者另一个更为重要的原因则在于"离别之愁"——"快毕业了，才知道对学校的感情有多深，所以希望能有更多的机会参与学校的活动。"

身份：学生、同窗，还是老师？

从 1 月 5 日至 15 日，11 天，200 多名备考学子，9 名志愿者。

"有好几个志愿者都开设了多门课程，特别是写作课程，基本上都要每天逐一批阅和修改，更不要说这么多天的备课量。"蔡帅作为负责人见证了志愿者们"极高的责任心"。

陈雨阳、尚应瑞还是大一学生，底下坐着的大多是师兄师姐，所以两人对自己要求更为严格。"每天都注重反思教学效果，力求做好教学的每个细节。"两人同为舍友，平日也经常用英语交流。在数次雅思考试之后，尚应瑞深切感受到雅思口语考试对语言反应能力要求之高，他将口语教学的重点放在营造英语思维上，"上课都用英语，可能是因为不习惯，第一节课都是我一个人在讲"。他尝试不同的课堂形式，在不断鼓励之下，同学们也渐渐适应起来，英语辩论时经常出现"百家争鸣"的情况。陈雨阳为了给学生考前减压，则会分享一些考试经验。比如口语考试或许会遇到日式口音的考官，他就带着大家体验日式英语，播放日本乐队唱的英文歌，"当时气氛就很棒"。

来自民商经济法学院1404班的李春晖是唯一一名教授托福课程的

志愿者，听力、阅读和写作三门课都要靠她一个人，一项一项地去准备。第一次讲授听力课程，她习惯性地在放映 TED 的演讲视频时，在黑板上记下一些考试可能出现的内容，回过头一看，发现同学们居然都在低头做笔记。第一次当老师的"不真实感"和紧张渐渐平复，"当有些事被大家所认可，虽然辛苦，但都是值得的"。就像她最喜欢的《权力的游戏》中的那句台词："I am a slow learner, but I learn."

答卷：奋斗青春不独行

"下课后会有同学加我微信，告诉我课上有很多收获。结课后不久，有同学告诉我，'自己考到了理想的成绩'。"这是张伊佳最为感动的地方，下课后几个志愿者常聚在一起，谈到这些课后的交流也总能唤起温暖的共鸣——"教育就是一棵树摇动另一棵树，一朵云推动另一朵云，一个灵魂唤醒另一个灵魂"。

课程结束的时候，张伊佳和一同授课的志愿者一起告别了 11 天的讲桌和课堂，她再次整理自己笔记的时候，上面又多了一些标记。"其实，在教授知识的时候，自己也会学到很多，比如教授知识的方式、沟通的技巧。"

2018 年的夏天，张伊佳将会和另一群小伙伴去往偏远地区支教，为遥远的地方和人们带去他们青春的力量。一直都相信"遥远的人和事都和我有关"这句话，她希望在未来支教的日子里能够运用到 10 多天雅思课堂上的经验，为自己的支教生活增添一份自信。"每个学生就像是一棵树、一盏灯，我曾受过老师们的吹拂与指引，而现在，我想用我所知道的，去吹动他们、指引他们。"

叶子一起随风飘扬,灯火共同在风中摇曳。当这些志愿者再次回到课堂上、生活中,更多美好的心灵、细微的梦想会随着一起茁壮成长、互相守望。

【CUPL 正能量第 158 期】五人小组：司考路上的伙伴[1]

文丨团宣通讯社　杜　芬

引言：回望司考，偶然组队复习考试的五人都有点"不真实"的感受。五个女孩在毫无芥蒂的分享、互助和鼓励中，备考的压力逐渐化为前进的动力，三个月的学习生活是那么真实而又纠结，所有的付出与回报成正比。那三个月，又是最为感动的日子。

---

[1] 本文记录的是 2017 年的事情。

人物简介：国际经济法学院2014级王芳、顾盼、严晨、姜张英、张震颖五个人在司考、考研的双重压力下结成互助小组，互享资料，相互鼓励。最终，五个人以平均430分的成绩，均顺利通过"法学第一考"。

把压力除以"5"

摆在王芳、顾盼、严晨、姜张英、张震颖五人面前的，是所有法科学子不得不面对的司考，15门课、4个部分、3个月左右的复习时间、不超过17%的通过率……五人结束6月的期末考试之后，转身便投入了司考紧锣密鼓的复习中。

早起晚归、三点一线的复习司考日子就这样悄然袭来。一开始孤军上阵的五个人，心理的压力随着时间流逝越来越沉重，"这很正常，毕竟有压力才有动力"，姜张英看得很开。

楼道里无数次擦肩而过，且互看彼此都没心力再背下去的姜张英和

顾盼两人互道："背得好辛苦。"这是两人互加微信 3 年后第一次在现实中对话；半个月来同一时间、同一位置背书的姜张英和张震颖看到对方扭曲姿势背书的样子相视一笑。相同的复习节奏和共同的目标拉近了彼此的距离。

但没人讲得清楚"为何、如何聚成一个小队？"，姜张英"玄乎"地描述道："大概和谁组队跟恋爱一样，看缘分，强求不得。"

这些相似的复习轨迹和进度，无声无息地拉近了五人的距离，没有人正式提出组成"司考五人小组"的建议，但是默契就这样形成了：在固定的教室一起刷题、相似的位置一起背书、在饭点一起讨论、回宿舍的路上一起嬉笑。

"原先一个人复习，心态很容易崩溃，每每刷题都感觉没有学到任何东西，特别难过"，严晨去厕所时常带书，"感觉浪费一点点时间就会非常自责"。

或许这就是组成"司考五人小组"最大的原因："组队之后，大家的情绪变得更加稳定。"严晨回忆道。有了可以共同分享的人，仿佛一个时间段某个个体的压力，被均匀地分给了五个个体。

一份耕耘，五份收获

严晨回想起三个月的备考，发现每个人都多多少少地存在着一些差点过不去的"坎"，对她而言："尤其是考前十几天，刷大量真题却依然错，想着也许是因为没背书，可却又总记不住，我在窗台捂着脸就哭了起来。"幸而姜张英及时安慰了她，"如果没有张英的话，我可能就弃考了"。

虽说没有特地去"挑选"成员，但是偶然组队之后才发现，小队的五人各有特色，相互之间磨合得非常顺利。

五个人无论谁遇到"好用的资料"，都想着第一时间分享给其他人，姜张英发现了一个"法考白皮书"，感慨编者"惊为天人"，在楼道一碰到小队的成员，就迫不及待地分享给了大家，"没有人藏着掖着，相互扶持的感觉让人很有安全感"。

复习到极度压抑的时候，欢脱的姜张英会"撺掇"大家出去吃饭，边吃边聊复习状态和过时的八卦，互相"嘲讽"着彼此未完成的目标……和盘中餐一起消失的还有那绷紧的复习压力和积攒的焦虑。

每晚洗漱的间歇则会聊一些关于当天刷题遇到的疑惑，一次关于物权题目的讨论中，一开始谁也说服不了谁，但是姜张英照着参考答案解析终于理清思路并说服大家之后，不放心地再次查证时，却发现原来是参考答案出现了错误。回忆起来的五个人笑作一团。

考前一天，五人在楼道合照留念，"即使过不了，也拍照纪念一下"。在大爷的清场声和楼道渐灭残存的灯光里走出端升楼的姜张英，脑海里回荡着一位同在楼道复习的师兄的一句玩笑："感觉我们这个楼道复习的人都能过。"

一个人的努力，五个人的感动

9月17日下午5点半，"卷四"考试结束。

五个人在不同的考场考试，但当跨过考场门槛的那一刹那，"仿佛背了百余日的重担都突然卸了下去一样"，轻松感不言而喻。

顾盼走出考场后直奔回宿舍，宿舍里一片安静，有的鞋子也没脱躺在床上，有的趴在床上，有的靠在桌边玩着手机，但没有人说一句话。姜张英与舍友们则刚好相反，疯了一样地在"蹦迪"，直到蹦不动了躺在床上，姜张英突然玩笑似地背起了法条："我国《民法》规定：代位求偿权……善意第三人……"背着背着，眼泪就流了下来。

回望司考，小队的五人都说：常感觉自己只有前路，没有后路；只有崇山峻岭，没有坦途捷径；只能脚踏实地，却不敢奢望、轻言必过。虽然常提到的关键词是"害怕"二字，但是备考的那3个月又是那么真实而又难忘，所有的付出与回报成正比。那3个月，又是最为感动的日子。

如果旅途必然充满艰辛，那么拥有可依的希冀和相互扶持的队友，便是莫大的幸运了吧！感谢彼此的信任、坦诚，让一个人的努力变成了五个人成功的可能。

【CUPL 正能量第 159 期】刘奕君："春蕾"公益女孩

文｜团宣通讯社　董浩然

引言：刘奕君通过"春蕾女童"公益计划在青岛市的某个小镇见到小萌和小雪，她眼前的两个"小妹"正如花蕾般柔弱而又勃勃生机。相逢四年、扶助四年，三人早已如亲人般熟悉亲切，两姐妹也渐渐打开了面向小镇之外广阔天地的一扇窗。

人物简介：刘奕君，中国政法大学法学院 1604 班学生，首批以本科一年级学生身份入选校辩论队的队员，2017 年代表学校参加第八届亚太国际大专华语辩论公开赛。自高中一年级开始，与同学共同参与"春蕾女童"公益计划，并在该项目中持续资助两名女童，与被资助者保持着友好亲密的联系。

"春蕾女童"的建立

"春蕾女童"是刘奕君从策划到实践全程参与的第一个公益项目。

四年前，她还在山东省青岛市第二中学读高一。团支书小伙伴提议要帮助那些家境贫寒但努力进取的女孩们，刘奕君听了小伙伴的想法后，便欣然答应了共同组织策划的邀请。

开始筹备策划后，遇到的第一个问题便是如何寻找"结对"对象。

经过重重讨论，刘奕君和团支书决定与青岛市妇女联合会联系，妇联的叔叔阿姨们在电话中仔细倾听来意之后，便建议同学们参与到"春蕾女童"计划中来，随后便将青岛市下属某乡镇小学中需要扶助的孩子的名单发给刘奕君。

因为高中课业繁忙，所以整个活动一开始只是面向刘奕君所在班级的四十多名同学，每个同学和那所小学的女孩子们进行"结对子"，然后再根据具体情况，各自单线联系帮扶对象，分别决定为"小朋友们"提供物质上或是精神上的帮助。

"这种模式的确能给孩子们带来很多实质性的帮助。这些女孩非常聪明，只是缺少引导她们的人罢了。"对于怎样在自己的能力范围内将公益效果扩大？刘奕君觉得自己在"春蕾女童"中找到了部分答案。

埋下希望的小小种子

与刘奕君"结对"的小姑娘是一对姐妹花，姐姐小萌（化名，下同）和妹妹小雪彼时才是读小学的年纪。

她们生长在一个拮据但和睦的家庭，因为母亲常年患病在床，一家的开销重担全部压到了父亲的肩头。父亲依靠回收废品赚取微薄薪水，每月固定支出一笔医药费之后，日子只能勉强维系。

四年前，刘奕君和母亲来到这个小乡镇，小萌和小雪两姐妹第一次见到了这个城里来的大姐姐。虽然原先的生活环境截然不同，但她们三个人一见面便亲切地聊起天来，临走时还交换了联系方式。

就像很多家庭贫寒的女孩子一样，小萌性格中难免带着早熟，小萌几次与刘奕君交谈都提到来自父亲的严词教诲，刘奕君察觉到："小萌虽是一个学习很自觉的女孩子，但是对于自己的未来还是非常迷茫的。"自己能做的不仅是简单的物质帮助，她不禁下定决心要通过自己的努力从更多方面帮助小萌。

之后的四年，每一周刘奕君都会和小萌通电话或是聊天。无论是在青岛，还是在北京，她都会与小萌交流彼此的想法。最近在看什么书，数学习题应该怎样整理，怎么培养一门特长，对最近社会热点的看法……这些大大小小的事情，刘奕君既像个启蒙老师、又像个知心姐姐，隔着电话柔声细语地给小萌讲着。四年来自心灵的陪伴，虽然是以电话和网络的形式，但刘奕君早就在心中把小萌视作自己的亲人。

"我能够感受到她的改变，无论是学习还是生活。"谈起这四年来小萌的变化，刘奕君高兴地笑了。小萌从因为被寄托了巨大希望而有些"死读书"，变成懂得规划以及总结反思。她正在用心地学习书法，并且真正地享受其中。不仅学习成绩有所提高，也能在爱好和学习之间寻找到一个合理的平衡点。

为你开启另一扇窗

与传统"纯粹捐款"的模式不同,"刘奕君"们不必给予女孩们过多的物质帮助,每年可能只是在自己的压岁钱里支出几百元。他们更为注重的,是和被资助者们之间的互动,希望能通过自己给她们带来积极正面的影响。这种细水长流的温情公益,更能让女孩们得到精神上的正能量。

刘奕君的母亲是一名小学老师,她曾被自己孩子和她同学们的行为所感动,她将这些哥哥姐姐们的故事讲给自己的学生,更多的学生渐渐参与到"春蕾女童"计划中来。

刘奕君这样评价"春蕾女童"计划:"我们帮助的并不是这个社会

最为困难的一批人，但是我们提供一种'可能性'，通过与我们的沟通，孩子们能打开原先闭塞的生长环境的一扇窗，触碰、感知甚至开始追寻自己小天地之外的世界。她们会明白，自己不仅仅是这个小县城里的某个普通的小女孩，而是这个奇妙世界的一部分。"

作为法大的一名辩手，走出赛场的刘奕君便褪去一身锋芒，她时常在比赛后拨通那个通往青岛的电话。仔细聆听手机里小萌、小雪的声音，她一边微笑一边点头、时而欢笑时而认真作答的模样，全然看不出刚刚拿到"最佳辩手"的气场。

"你要是有什么事，就给姐姐打电话吧，没关系的！"电话的那头，传来妹妹小雪春之花蕾般生机勃勃而清脆的一声："谢谢姐姐。"

【CUPL 正能量第 160 期】徐敬旭：行在当下的保研者

文 | 团宣通讯社 李卓凡 张澳璇 蒋恩第

引言："保研的过程就像长跑，每一段看起来稀松平常，但是能持之以恒，没多少人能做到。旭旭让人最佩服的地方就是能长年累月保持着备战的状态，不断完善丰富着自己。"并肩作战四年的伙伴王金晓将"坚持"作为评价她的关键词。不畏将来，不念过往，徐敬旭的大学四年未曾留恋过去的风景，也从不遥望不可及的山峰。目标的坚定、不懈的尝试、平和的心态让她专注于跑好自己的每一步，而千里之行的终点，终究会出现在她的眼前。

人物简介：徐敬旭，商学院工商管理 1401 班学生，曾获得校长奖学金、一等奖学金多次，未来国际商务谈判精英全国赛、美国大学生数学建模竞赛等多个竞赛一等奖，现在已经学术保研至北京大学经济学院税务专业。为人踏实刻苦，自大一入学起即明确树立要保研的目标，曾言"为了能够保研，大学四年神经一直紧绷着，所做的每一件事情都是为了能够实现保研的目标"。

目标：念念不忘，必有回响

"我要感谢那个师姐，虽然她不认识我，却确实影响了我。"开学第一课，在这个大家都当作固定模式敷衍而过的课堂上，徐敬旭却在一位"保研"的师姐身上看到了多年后的另一种可能。

"中考、高考的失利，让我依然心有余悸。我不想经历这种一考终身的压力了。"几乎从开学的那一刻起，徐敬旭便下定了"争取保研"的决心。她真切地知道，比起考研，保研就像一条星夜下的道路，前行的人必须应对更大的不确定性和操作难度。暗夜同行者寥寥，徐敬旭却义无反顾，从"开学第一课"起，便怀着一腔难凉热血与少年孤勇，踏上了这个一刻不能松懈的四年马拉松征程。

如果说师姐之言醍醐灌顶，那么行动力便是她这场四年保研长跑的不竭动力。"你躺在床上浑浑噩噩是一天，在图书馆奋笔疾书也是一天。"四年紧绷的学习状态不乏枯燥，但徐敬旭却每天都在用目标警醒自己，用行动力证明自己的保研决心。

平时参与各项竞赛，只要上课绝不看手机分散注意力、一丝不苟完成课程作业、期末系统复习……专注高效，在有限的学习时间内取得最大的学习成果是徐敬旭学习的秘诀。"无论眼界多高，都必须脚踏实地。无论梦想是多么高远，现实中的每一天都要竭尽全力踏实重复简单的工作。"

尝试：每一次的全力以赴

有意思的是，徐敬旭对学习生活充满计划，但是却从不规划结果。就像她对自己的要求那样："我只尽力尝试今天的事情，即使昨天失败，也不会破罐破摔，消沉太久。"

高绩点无疑是徐敬旭简历中夺目的亮点，但其丰富的竞赛经历也毫不逊色。可谈及竞赛这个话题，才发现那张薄薄的简历之下，是她付出百倍的艰辛努力。

"我第一次做国创的项目就失败了。"西通课上，她小心翼翼地点开项目通过名单，却发现自己一个寒假辛辛苦苦准备的100页方案被宣判死刑，变成了废纸。"我们院同学加分都很多，有的甚至可以到十几分。而我在大二下学期之前，几乎还是一片空白。"

当努力轻易地被否定，很多人都会开始怀疑自己，徐敬旭却当机立断，千帆尽过，从头再来。而正是这一次次永不言败的尝试，才让徐敬旭越战越勇。多次总结失败的经验之后，她的努力终于得到了回报：国创通过、美国大学生数学建模大赛一等奖、"未来国际商务谈判精英"全国赛一等奖各种奖项姗姗来迟。

大三的暑期，除了要准备期末考试，徐敬旭还报名了北大、人大、厦大的夏令营，期末与夏令营的时间交错，面对像俄罗斯方块一样紧密堆积的日程表，徐敬旭度过了黑色低压的 15 天。"我知道这样连轴转会非常疲惫，但只要还没有成功，我便要抓住每一个机会。"笔试、面试，又一场笔试、面试，徐敬旭的生活枯燥而又机械地重复着，那时的她每天回到寝室便是倒头而睡。在烈日灼灼下神经高度紧张了一个月的徐敬旭终究用自己的汗水印证了那句老话"苦心人，天不负"，她心心念念的北大保研通知书，如期而至。

心态：生活是门概率学

"生活是门概率学，就算每件事只有百分之十的成功率，无数次尝试后，失败的概率该有多小！"把生活和成功当作一场概率的博弈，这是徐敬旭独有的成功秘籍。

"别看我得到的奖项很多，但我几乎参与了法大近乎全部的比赛。"徐敬旭始终相信，所有的不完美都是完美的茧，厚积方可薄发。一次国创失败便多来几次，按照概率总有一次会获得成功；一次数学建模比赛失败就再报几次，总有一次能找到正确的道路。在这种近乎"乐天派"的思想下，似乎每一次的失败只是做了一次实验，增加了分母的分量，而每一次来之不易的成功，也不过是得到了概率的正确衡量。

"寻找，便寻见；叩门，便开门"，徐敬旭淡定从容地享受着计算每一个"概率"带来的喜悦。"往者不可谏，来者犹可追"，也是因为始终相信生活是门概率学，她只做好自己，从不嫉妒好友的成功，不窃喜别人的失败，也从不耽溺于悲伤、执着于已成定局的结果，而是向前看，投身于当前的学习，将每一个下一次都当作自己崭新概率的开始。

　　徐敬旭喜欢埃克哈特·托利，喜欢那句"当人们活在当下，与内在的寂静有所连结，便可超越复杂的心智与情绪，发觉潜藏于内心深处恒在的平静，满足与力量"。

　　很多人的焦虑感，都来自对已经发生的事情耿耿于怀，对还未发生的事情忧心忡忡，他们就在这种来来回回的不安中，虚度了很多时光。而徐敬旭，却始终头向前方，路在脚下，深深迈向当下一刻，终得冲破这场长跑的终点线。

【CUPL正能量第161期"五四青年节"专稿】
曲雯嘉：山海那边的文化使者

文 | 团宣通讯社　岳子涵　李昕媛　高　珊　王丹阳　岳梦雪

　　引言： 加勒比海岸的一处小岛之上，曲雯嘉盘膝坐在巴巴多斯美丽的粉红色沙滩上。回国的日子即将到来，心中却增添了几分不舍，在长达一年的支教之旅中，她收获的不仅仅是当地的人文风情，更是自我的丰富和成长。在这个岛屿国度的经历，就像沙滩上闪闪发光的贝壳一样点缀在她的青春里，让她的人生在这个本来就美丽的年纪，变得更加美好。

人物简介：曲雯嘉，中国政法大学马克思主义学院博士生，2017年4月，赴巴巴多斯孔子学院担任汉语志愿者教师。她以书法为载体进行汉语教学，辅以中国传统特色技艺，让中国文化走进巴巴多斯。2018年2月，曲雯嘉在"鱼龙节"为巴巴多斯总督讲解书法的新闻登上了巴巴多斯《每日国家报》。

心之所向，历历万乡

"在硕士的时候就特别想出国"，攻读博士时，曲雯嘉很幸运地碰上了出国支教的机会。面对英国、罗马尼亚和巴巴多斯三个选择，曲雯嘉觉得"去巴巴多斯的机会太难得了……而且国内对我国与加勒比海地区国家的关系的研究非常少，我的博士论文正好是中国和加勒比海国家文化外交方面的研究"。冥冥之中，曲雯嘉和巴巴多斯的缘分仿佛就已注定。

二十出头的青春少女独自一人远赴大洋彼岸，开展"志愿支教""文化宣传"工作，这样的举动任谁看来都"有一点疯狂"。巴巴多斯

距离中国十分遥远，而且大众对它的熟悉度也没有那么高。"家人担心我的安全，朋友也劝我再仔细考虑一下，因为延期毕业一年可能会影响毕业论文的完成和找工作的进度。"

面对这些劝阻，曲雯嘉积极与导师和孔子学院的老师沟通，全面地对巴巴多斯的文化程度和治安情况进行了调查——巴巴多斯有着良好的治安情况，人民的受教育普及程度也十分高。深入了解后所得到的调查结果成功改变了家人、朋友甚至是她自己内心对欠发达国家的一些刻板印象。

她终于坚定了决心，选择踏上这次充满未知的旅程，"青春就是不要后悔，趁着年轻，赶紧去尝试一下"。

墨宝为媒，宣扬华夏

曲雯嘉前往巴巴多斯之前，内心有一份隐秘的使命感："在国家日

益强大的时代，身为年青一代的中国人，有力量驱使着自己走出国门告诉外国人'什么是真正的中国'。"

然而，初到巴巴多斯，曲雯嘉在被美丽的热带风景和当地人民的热情好客吸引的同时，也惊异于中国形象在偏远国家的落后程度。"巴巴多斯人对于中国的印象大多都还停留在很久之前，他们会问一些在我们看来很幼稚的问题，比如中国有高楼吗、中国有没有公共卫生间这种很'离谱'的问题。"祖国海外形象的弱小和文化传播程度的欠缺，在她心中刻下了深深的烙印，更激励着她通过自己的努力将中华特色文化与现代中国形象传播到大洋的彼岸。

身为肩负传播中国文化的孔子学院的一名教师，曲雯嘉致力于把自己擅长的书法技巧融入教学中去。一次，在孔子学院的文化俱乐部活动中，曲雯嘉看到学生们对拥有一个中国名字最感兴趣，便一一询问孩子们的英语名字，然后译成汉语，并告诉他们每一个汉字的意义。学生们

听完后跃跃欲试书写汉名之际，曲雯嘉则细心教导学生们如何握毛笔，如何用最快的方法写出最漂亮的中文。在 2018 年 2 月的"鱼龙节"活动中，曲雯嘉为热情高涨的巴巴多斯民众写了 200 多个汉语名字，一撇一捺，工整灵巧的方块字行云流水般跃然纸上，中华文化的魅力在墨香中悄然地传播着。

从在书画中传播美好祝愿，到在传统节日里，和巴巴多斯人一起制作家乡菜肴，共享中华美食，再到课堂上通过宣传剪纸、茶道、民乐等这些具有浓厚中华文化气息的符号，曲雯嘉让中国传统文化漂洋过海，为两国文化交流、国家友谊贡献力量。

"我对中华文化非常骄傲，我们要好好保护我们老祖宗留下来的这些文化遗产。"曲雯嘉感慨道。

奉献的青春最美好

回国的日子即将来临，回忆起在巴巴多斯的这一年，曲雯嘉感慨万千。在收获与成长的同时，也让她深切地感受到何谓责任、何谓使命。

"青春只有这么一次，不要去做后悔的事。"曲雯嘉也十分鼓励年轻人到海外去当志愿教师，去体验一番外国风情，去收获一场诚挚友谊，去展示自我、拓宽视野。而正在高速发展的中国也需要新时代的青年扛起文化交流的大旗，讲解中国故事，宣扬中华文化，消除国外对中国的偏见与误解，加强更多人对中国文化的认同感，让传统文化素养真正刻在骨子里、融在血脉中。

在为巴巴多斯总督 Dame Sandra Mason 讲解中国书法时，曲雯嘉将书写着"友谊"二字的卷轴赠予总督，总督问曲雯嘉："你的名字是什么意思？"曲雯嘉微笑着回答："'曲'为姓氏，意为音乐；'雯'为带

有花纹的云彩；'嘉'则有美好之意。"总督笑称"名如其人"。

"志愿者最核心的精神就是奉献。"曲雯嘉至今还记得志愿者培训会上的一句话：我们面前是美丽的世界，我们身后是强大的祖国。一年前出发之际，曲雯嘉自问的"不负韶华"的最好答案，或许便是"奉献"与"践行"四字。

【CUPL 正能量第 162 期】蓝涛：平凡的足球爱好者

文 | 团宣通讯社　岳梦雪　杨欣敏　陈广浩

引言：在蓝涛眼里，足球，这颗黑白相间的小球意味着很多东西。青春或是回忆，汗水或是泪水，在绿茵场上的每一刻都值得珍藏。"既然已经把时间投入到足球上，那么我就要认真地去做。"蓝涛平静而眼神坚定地说。

人物简介：蓝涛，中国政法大学 2014 级商学院工商管理专业学生。成为院足球队的一员之后，他刻苦训练，努力提升自己的球技，后担任商学院足球队队长。作为校足球协会竞赛部创始人之一，他参与并组织校内各类足球竞赛，积极推动了法大足球竞技的发展。

没有天分，只有热爱

许是少年心性使然，电视屏幕上直播的世界杯足球比赛几乎完全左右了那个熬夜看球赛的男孩的喜与悲。高中时期，蓝涛凭着兴趣和同学一起踢足球，在球场上追着球乐呵呵奔跑，却不得要领。"我很享受在宽阔的足球场上奔跑"，蓝涛描述着自己站在绿茵场上的心情，"虽然很多时候是根本踢不上球的，但我就是喜欢这种自由的感觉"。

与他对足球的"情根深种"相反的是，蓝涛在踢球方面并无"天分"。蓝涛羞赧却也坦承"大一时确实踢得比较水"，日常训练中，基础的脚弓停球从来都做不好，"师兄恨铁不成钢，直接跟我说'下次别来了'"。刚站在球场上寥寥几个月的新手蓝涛受到了莫大的打击，喜欢的事情被否定，委屈和着急一股脑涌上来，"当时眼泪就要下来了，就觉得天要塌下来了"。

做心理建设不是一个简单的过程，蓝涛不断地告诉自己"踢得不好是因为我才刚开始踢球""我喜欢足球，我身体素质不错，只要坚持，我一定可以""我可以踢下去"……他比以前更加刻苦地奔跑在绿茵场上，几乎将大部分时间都留在了球场，无论是球队的日常训练，还是主动要求的单独加训，甚至是绿茵场空空荡荡的假期，蓝涛都风雨无阻地出现在球场上，不敢有丝毫懈怠。

每周的友谊赛蓝涛都早早到场边等着，特别是和强队的比赛，"一方面，是观察球技好的队员；另一方面，如果有人累了，或者有人受伤了，那时候我就有机会上场了"。从一开始坐冷板凳的"饮水机球员"，到后卫，再到边后卫，蓝涛的实力渐渐受到大家的肯定，成为队伍中不可或缺的中流砥柱。蓝涛的热情与汗水，在球场上燃烧了整整四年。同级的足球队队友张文睿曾这样评价蓝涛："刚进足球队的时候，他并不是我们之中资质最好的，但他绝对是我们中最刻苦坚定的。"

踢球与成长、成熟

除了作为一个球员在赛场上挥洒汗水，蓝涛作为队长，更是在商学院足球队上倾注了几乎所有心血。大学四年，他几乎将球队的发展当成了自己的事业。和球队的队员们一路走来，他觉得自己心中，既充实又快乐。

当蓝涛不再是那个大一时青涩的"足球小将"，而是背负起"精神领袖"的队长时，他开始着手负责球队训练，逐渐在实践中摸索出自己的一套训练方法。招新过后，商院足球队未来的主力军在操场集合。大家的足球基础不同，努力和天赋更是参差不齐，每个人应该踢哪个位置、应当训练哪些项目都不相同，因此，蓝涛根据每个人的情况制定了精确的训练方案：既有天赋又愿意努力的，就让他自己训练自己摸索；虽然没有天赋但是愿意努力的，就安排一个位置，制定一份菜单；有天赋但是不愿意训练的，就要多多激励……

足球队里的人大多开朗活泼，管理这么多横冲直撞的少年，蓝涛直言这让他费了不少心思。"虽然我是队长，他们是队员，但是我们并不是领导和下属的关系，大家都只是一起踢球的好兄弟。"来自天南海北的男生们齐聚一堂，大家个性十足，但是在蓝涛眼中，队员们犯了错误要明确地指出，只有这样球队才能持续进步。"虽然要指出错误，但还是要注意方式方法，有时候，把道理和队员们讲清楚也是一门艺术。"

虽然蓝涛在指出球员问题时并不避讳，仿佛是一个严格的足球教练，但当队员受伤时，蓝涛更是如同一个大哥般心疼无比。"我会告诉他们怎样恢复、怎样避免受伤。但是我首先会告诉他们，既然选择了足球，就不要害怕流血流泪。"男子汉之间的交流，虽然坚硬又严肃，但总有一股柔情悄悄深蕴其中。

足球，没有输赢，只有美好

因为实习，蓝涛已经好久没有回学校看球赛了，但是回想起大学，"至少有三分之一的人都是在球场上认识的"，那片绿茵场早已是蓝涛这四年生活中不可或缺的一部分了。

那些画面总是能给蓝涛带来力量，"有上半场还有两分落后，但是下半场在五分钟之内就把比分追回四分的经历；也有双方踢得很焦灼，最终一球定胜负的时刻；还有比赛中双方都进了很多球，最后打成平局的场景"。虽然赢球更让人喜悦，但是"输球也是没有办法的事，'胜败乃兵家常事'"。无论结局输赢，是开心到满场奔跑喊到嗓子沙哑，还是踽踽独行将眼泪憋回眼眶，这些时光都是蓝涛心中永远无法代替的美好。

"热爱、坚持、美好。"蓝涛简单地总结了足球对自己的意义。热爱足球,所以他愿意为之倾注大量的业余时间;坚持足球,所以他能够在踢球的过程中忘却伤痛和疲倦。足球是美好的,所以他来到球场上,彻彻底底地踢出了只属于他自己的四载大学时光,踢出了一生难忘的年少轻狂。

【CUPL 正能量第 163 期】樊玉洁：行远致公弄潮儿

文｜团宣通讯社　焦时悦　杜　芬

引言： 夜色下的海面洒满融融的月光，那是在联合国特别法庭工作期间，樊玉洁和同事们在柬埔寨海边度过的最后一个周末，欢歌、畅饮……她说那是人生中最快乐的时刻之一，感觉到从未有过的"Young, Wild and Free"，而这样的心情也许还包含着为美好世界做出一点努力后无法言说的愉悦。

人物简介： 樊玉洁，中国政法大学法学院 2016 级研究生，中国儿

童少年基金会、国际法促进中心联合指导"共同未来"项目[1]副秘书长，2016 年前往法国加莱难民营做国际志愿者，2017 年在黎巴嫩、约旦等多国难民营实地调研考察，曾在联合国审"红色高棉"特别法庭[2]、最高人民法院、国际法促进中心实习。

致公：让世界漫布玫瑰和阳光

与公共领域志愿活动结缘，要从樊玉洁步入法大之初说起。

---

〔1〕"共同未来"是国内第一家获得公募资格，并致力于帮扶生活在叙利亚周边国家的难民儿童及青少年的国际志愿服务项目。项目成立于 2016 年 9 月，在国际法促进中心以及中国儿童少年基金会的指导下开展工作。

〔2〕特别法庭，是指专为审判特别重大案件设立的审判机构。带有临时性质，特定审判任务完成后，即行撤销。柬埔寨法院特别法庭是联合国与柬埔寨王国政府在 2003 年 6 月签署协议决定成立的特别法庭。主要是对被指控在 20 世纪 70 年代后期在柬埔寨犯种族灭绝罪、战争罪及危害人类罪等罪行的前"红色高棉"高级领导人进行审判。

自大一起，樊玉洁就在准律师协会法律援助中心[1]参与法律援助志愿工作。在这里，她切身感受到了一线法律工作的热忱与真实，也初察社会弱势群体的疾苦与法治建设的紧迫。当事人或假或真的哭诉，被告故意或无奈的错行，第三人有意无意漠视阻碍或热心相助……书本中的正义良知在实践中或被彰显，或被践踏，准律师协会成了樊玉洁从象牙塔里窥见世事的天窗。而她胸怀天下、不忘济世之志，"法大赋予我更多对于公平正义、社会责任的追求"。

在联合国审"红色高棉"[2]特别法庭的联合调查法官办公室，樊玉洁经手了"红色高棉"当政时期的大量资料，在她的脑海中逐渐构建起来哀鸿遍野、血流漂杵、民不聊生的画面，整理的每一份资料都成了她心中的一根根刺，不停地刺痛她深埋着人权、平等、博爱的心。"我们生长在和平的国度，但总有地方是战火与硝烟。"经历过法律援助实务和法大精神洗礼，有着扎实法学基础理论知识的樊玉洁，渴望做些什么，"让人们都能看到玫瑰和阳光"。

格物：在自我质疑与反思中认知

2015年暑假，大量叙利亚难民为了偷渡求生而葬身地中海的新闻

---

[1] 中国政法大学准律师协会由佟丽华律师创办于1994年6月，是一个具有法学特色的实践性综合社团，曾荣获"全国优秀社团"的称号。法律援助中心隶属准律师协会，成立于1995年，是准律师协会的核心部门之一。部内常规工作主要是值班、回信和案件代理，项目工作主要是普法、假期法援队、农民工项目和对外交流合作，除此之外还有程序法、各部门法知识以及实务技巧的内部培训会。

[2] "红色高棉"是柬埔寨左派势力，1975年至1979年间成为柬埔寨的执政党。在其3年零8个月的管治期间，曾发生针对本国同胞的大屠杀，包括诉诸暴力、有组织地消灭一部分人口，同时估计有40万至300万人死于饥荒、劳役、疾病或迫害等非正常原因，被称为"20世纪最为血腥暴力的人为大灾难"之一。1997年，柬埔寨成立审判"红色高棉"委员会，2003年柬政府与联合国达成协议成立审判"红色高棉"的特别法庭。

让樊玉洁痛心与疑惑。"怎样的绝望让他们愿意如此孤注一掷?"而新闻媒体对于这群人的报道却相差甚大,有些报道充满悲悯,有些报道却指责他们为罪犯、是"只想吃福利的寄生虫"。难民到底是怎样的一群人?樊玉洁不愿意轻信别人加工过的信息,因此,一年后,趁着在欧洲参加活动的机会,她跟从一个专业的 NGO,以志愿者的身份前往法国加莱难民营。

难民营里这些新闻中的人鲜活而立体:有人热情开朗,同她交流,挥手感谢;也有人领到被子和饮用水就走,沉默而冷淡。她还听说难民间的群体性冲突时有发生……满怀困惑与自我质疑,樊玉洁与其他长期志愿者积极交流,寻找答案。渐渐地,她了解到:有些人因为心理创伤和长期的压抑,看不到希望,心理状况堪忧;有些人因为长期战乱和贫穷,没有受过应有的教育……于是她意识到,难民只是一群被打上标签的普通人,素质不齐很正常,如果一定要说不一样的地方,就是比起一般普通人,难民往往面临严重生存问题,更缺少资源,也更需要帮助。

在黎巴嫩 Kafifan 小镇上的一个夜晚，樊玉洁跟随"共同未来"的志愿者走访了一户住在山上的叙利亚难民家庭。在没有窗户的房子外，那户人家种了一圈花草。在幽香沁鼻的花簇前，樊玉洁脑海里闪过曾在难民营里手持玫瑰演出的女孩；做着诗人梦的女孩写下的"既然我们都来自尘土，为什么我不能长出玫瑰"；谈及自己国家时，叙利亚的大学生们掺杂着欣喜与忧思的面容和常含泪水的双眸……

法大精神：让世界变得好一点

加莱难民营志愿者的工作结束不久，樊玉洁加入了"共同未来"项目，并在一年后成为项目里唯一的全职员工。这个初成型的组织需要太多的精力来助它成长。策划执行线上线下活动、管理志愿者、做各种项目、同合作机构联络……很多事务每天都要由樊玉洁处理。对待"共同未来"项目，樊玉洁就像春耕时呵护着一株幼苗，小心翼翼顾其周详，思虑万千谋其长远，为此她周末的安排从来都是满满当当。

丰富的履历和出色的能力使樊玉洁在求职就业方面有着一定的优

势，也能支撑她找到一份薪资不错的安稳工作，稍加努力，便能过上她曾向往的"衣食无忧又小资惬意"的生活。"年轻的时候拼一点，看看自己能走多远吧"，这是樊玉洁不选择常规工作生活的原因。"让世界变得好一点儿"——在这条衡量自己生活价值标准的指引下，樊玉洁选择了"共同未来"项目。目前国内非政府组织机构基础薄弱、资金来源少、延续性不高、组织不完善、发展规划不专业……樊玉洁深知自己的选择不会是坦途。

"对公平的追求是我当初选择学习法律的原因。不管是法律援助、战争罪，还是难民问题，回望过去，其实后面的行动都是自己初心的延伸。今后不管是以何种方式，我都会坚持关注公共领域，尽一己之力。"樊玉洁真诚地笑着，她享受着作为新时代公共领域弄潮儿的状态，既选择远方，便只管风雨兼程，爱无反顾、历久弥坚。

【CUPL 正能量第 164 期】薛宁莹：不简单的英辩手

文｜团宣通讯社　蒋恩第　施炜钰　董浩然

引言：从容起身于观众济济的赛场，字正腔圆于激烈的辩论回合，这一切对于薛宁莹而言，是一个优秀英语辩论选手并不陌生的日常。但在某天她忽然意识到，在这个世界上还有很多像她一样热爱英语辩论的学子，却囿于社会教育资源的不均衡，被现实关在了知识的门外。虽然自己也只是一个普通大学生，但薛宁莹知道，她需要去做些什么。

人物简介：薛宁莹，中国政法大学法学院 1502 班学生，英语辩论队队员兼裁判。参加过各类英语辩论比赛，曾获泰国英语辩论公开赛

亚军。同时担任各类英语辩论赛评委，曾担任外研社全国大学生英语辩论赛全国总决赛晋级评委。长期进行英语辩论的推广活动，曾参与延边大学"东北振兴"英语辩论宣传活动，现通过公众号和微信群形式进行线上授课，使许多渴望学习英语辩论技巧的偏远地区学生获益良多。

比赛之外的责任

在薛宁莹早先接触英辩的那段时光，经常遇上那些口语表达不够流利甚至略有胆怯的辩友，她仿佛看到了当年的自己。而随着比赛经验的累积，薛宁莹发现，这些表达能力略有不足或是欠缺自信的辩友，大多来自偏远地区。

"他们得不到专业化的系统培训，也缺少信息获取的渠道，甚至没有足够的时间与机会去比赛。对于他们而言，英语辩论意味着高昂的交通住宿费用，是一种奢侈品。"薛宁莹在比赛中和那些辩手进行了深度交流，随着对选手们困境的进一步了解，她心中的那点"小确幸"也逐渐荡然无存。而且她发现，越是优秀的选手，越是来自基础教育条件好的家庭或是有英辩资源的名校，英语辩论的比赛似乎成了一种资源的比拼。

慢慢地，薛宁莹从赛场上慷慨陈词的选手，成为评委席上客观指正的评委，或是幕后耐心勤恳的指导。一次次的角色转变，更是加深了她对于地区资源分配不均的认识。"原先我对于他们英辩学习资源的匮乏程度只是略有耳闻，从来不曾想过竟然已经到了这般地步。"热爱英辩的孩子们，却因为物质资源方面的原因根本无法充分地学习英辩，薛宁莹对此感到十分惋惜。

后来，在某次以英辩推广为目的的吉林延边之行中，薛宁莹认识了许多英语辩论爱好者。上至四五十岁的老师，下至六七岁的稚子，都热情满满地前来参与薛宁莹和同伴们组织的活动。"很多的不平等就是与生俱来的，是无法选择的，但我们的努力一定能改变什么，如果不是现在，那么在将来也一定会显现出来。"这个心怀善意的小姑娘坚定了自己义务普及英辩的想法，她迫切地想要为这些和她一样满腔热爱却根本无从学习英辩的人做点力所能及的事情。

纯粹的"喜爱"

谈及对英语辩论的态度，薛宁莹在采访中很少说"热爱"这个词，因为她看到太多优秀的人对辩论长达几十年的投入，自知很难相比，取

而代之的，则"喜爱"一词，纯粹的喜爱。因此，下定决心之后，薛宁莹便始终在寻找合适的方法为偏远地区的英语辩论推广助力。直到某一天，一家英语教育机构在全国辩手微信群中发出消息，想要招募有能力的辩手共同开展英辩公益推广活动，而活动主要针对的就是薛宁莹心心念念的偏远地区学生们。于是，薛宁莹迫不及待地将简历发到了机构的邮箱中。

参与英语辩论主要是以接受英辩培训和参加大型比赛为主要形式，而偏远地区的孩子们也是因为这两条路上的高额费用而对英辩望而却步。因为比赛的费用着实难以减少，薛宁莹便将目光投向了更容易降低成本的培训方面。

首先，薛宁莹在专业教育机构的帮助下，和其他的优秀辩手以及国内外专业培训师一起，在互联网上为各类辩论爱好者们进行系统化的授课。同时，她在课程培训基础上给学员们布置作业，以类似于"小班授课"的模式帮助他们消化吸收英辩知识和技巧。在为了方便教学交流而建立的微信群中，对英辩的热爱让不同年龄、不同职业的学员们聚在一起。他们通过薛宁莹提供的丰富资源和自身努力，一步步地实现了自己顺畅表达的愿望。其次，薛宁莹想到了时下逐步兴起的网络自媒体，于是她利用每周雷打不动的两篇原创推送，将资料查找、辩论小技巧等英辩相关知识在微信公众平台上进行广泛传播，甚至在繁忙的期末考试中也未曾断更，有的文章阅读量甚至破千。

学员之中，一位学生家长给薛宁莹留下了最为深刻的印象。他参与课程学习的目的除了想要不断提升自身能力之外，主要是能更好地引导自家孩子，让孩子对英辩产生兴趣。英语基础非常薄弱的他，为了跟上课程进度，每天都将英文形式的作业题目翻译成中文，以中文作答后，又一字一句地艰难翻译回英文提交。像这样不懈努力着的学员还有很多。薛宁莹在他们的身上体会到了一种"生命不息，学习不止"的生活态度，他们也让她在英辩公益推广的道路上，看到了美好的希望，收获了极大的成就感。

英辩之路

英语辩论的推广道路，薛宁莹走得很艰难，但她从未想过放弃。一个人的力量略显"杯水车薪"，薛宁莹也曾因怀疑自己能力到达瓶颈期而分外沮丧，而作为一个尚且身处象牙塔的学生，与形形色色的学员们应当怎样恰当地相处、怎样化解某些矛盾等，也时常让薛宁莹烦恼不已。但是，每当遇到挫折，她总会及时地调整心态，积极地寻找各种方法解决困难。而且，学员们在学习课程后获得的惊人进步与成就，也成为支撑她继续坚持的温暖力量。一个来自偏远地区的男生，在完成薛宁

莹的线上课程之后，通过自己的努力，从"英辩小白"变成了全国大学生英语辩论赛全国总决赛的最佳辩手。每当薛宁莹想起这些"成就"，一种莫名的幸福感就油然而生。

"人很多时候都在为自己找借口，最重要的是不要自己骗自己，知道自己要什么并且去做到。"即使薛宁莹的英辩推广之路走得并不轻松，但她相信，只要自己坚持"爱己所爱，行己所行"的无畏态度，就能在这条路上一直走下去。

我们看见社会的不完美而产生悲悯，却不曾想过现状是可以在我们的努力下而改变的，薛宁莹便将这种悲悯化作了改变的动力。"学会长大，不是学会妥协"，她不向不完美的世界妥协，更不向自己妥协。这种无言的坚持不仅不断改变着作为一名辩手的薛宁莹，还影响着更多的英辩爱好者，正如她的英文名 Shining 一样，尽自己所能，将更多的光芒和温暖传递下去。

【CUPL正能量第165期】准律法援：
公益法律实践团队

文 | 团宣通讯社　岳梦雪　李昕媛　董浩然

引言："法大南门"——法大本科生公益法律援助的地标，来自全国各地的法律求助者在这里等候着短暂的午间休。无论是盛夏酷暑，还是隆冬凛寒，准律师协会法律援助中心的同学们都会利用上下午课间，

在法大南门接待来访者、听取求助者的诉求。一张张年轻的面庞虽青涩稚嫩，却有着真诚的微笑与炯炯的目光，他们以最大的热情与忠诚践行"厚德、明法、格物、致公"的校训格言。

简介：中国政法大学准律师协会法律援助中心，简称"准律法援"，成立于 1994 年 6 月。自成立以来，准律法援秉持法治天下之信仰和修养自身之信念，坚信公平正义之真理，坚持实践真知之理念，坚持弱势群体之援助，坚持法律援助之路径。其主要工作包括接待群众来访，案件代理起诉；立足学校周边，普法辐射欠发达地区；实践业务培训，弘扬社会法治信念等。

2018 年 4 月底，准律法援的同学们克服了起诉时间紧、涉案人数多、诉求不尽相同等多种困难，接手了一起标的额总计约 200 万元人民币的劳动社保待遇纠纷案件。在准律法援成员们的全力帮助下，26 名员工按时递交了起诉书，后经法院调解，每人顺利获得 8 万元到 10 万元不等的一次性劳动补偿。

路见不平

2018 年 4 月底的一天，26 位追讨基本养老保险待遇与工资的乐器厂退休劳动者，因超过法定退休年龄，其诉求劳动仲裁部门不予受理。在紧张的 15 天起诉期间内，无助的老人们经法院推荐，带着 26 份沉甸甸的期待，来到了中国政法大学准律师协会法律援助中心寻求帮助。

起初，本案让法援成员们为难的地方在于：首先，在劳动仲裁部门送达不予受理的决定后，当事人需要在短短 15 日内提起诉讼；其次，多达 26 名的原告人数，造成了案件事实与诉求的纷繁复杂，潜在事实与风险并存，极易因为操作失误而产生较大影响；最重要的是，本案的

标的额逾数百万,诉讼风险远远超出了普通大学生的承受范围。

然而,本案的当事人是一群上了年纪的老职工。辛苦半辈子,脸上早已爬满岁月痕迹的老人们本该含饴弄孙、安享晚年,却因拿不到应得的劳动报酬与退休待遇而奔走求助。他们的不幸遭遇让法援同学们在心痛的同时又下定决心,要尽自己所能帮助这些老人。

15 天 * 26 人 > 200 万

确定帮助求助者起草起诉书之后,法援人便马不停蹄地开始了紧锣密鼓的筹备工作。本次文书写作的主力军为大一的成员们,虽然大家对于相关法律知识的了解还有许多欠缺之处,但是有多届师兄师姐的倾囊相授,年轻的法大人通过自己的努力,最终将许多意想不到的困难成功化解。

法学院 2017 级杨依霖这样回忆着当时的情形:"刚接到案子时大家

都有些迷茫，但在后续的法条查找与文书撰写中，我们逐渐明确了基本思路，并按照每一位当事人的不同情况对文书进行修改。印象最深刻的是确认当事人信息的时候，我们坐在学生活动中心整整一天，按照分工给每一位当事人打电话询问，我们都感到非常充实，也很有意义。"

为了进一步了解案情，除了电话询问信息，还需要确认乐器厂有充足的资金可以支付给老人们，同学们在紧张的时间中仍选择了深入实地调查。"路是真的远，车是真的颠，心是真的忐忑，信念却十分坚定。"国际法学院2017级的高鑫回想着当时的心情。枯枝遍地，草色暗黄，土地荒凉，这个坐落在寂静小村子里的乐器厂，气氛因这起案件的出现变得有些紧张。没有自报家门，没有紧张不安，镇定自持的法援同学们小心谨慎地靠近着最想了解的事实。

在对用人单位乐器厂实地调查后，大家咨询了有代理经验的师兄师姐，进一步开展了内部讨论商议，认为案子还是以法院主持调解的方法

解决比较合适，于是团队将这一法律意见告知每一位当事人并做出了详细说明。15天时间，26份文书，全面调查了解案情后，留给同学们的文书写作时间所剩无几，但同学们以对待当事人严谨认真的态度，对每一份文书都作了无数次检查与修改。

五一假期过后的第一个工作日，准律法援的同学们向当事人交付了所有文书。两个工作日内，26位当事人的起诉状、保全申请全部受理。最后，在当事人、社区以及法院的多方共同努力下，26名当事人分别顺利地拿到了数万元人民币的一次性赔偿，总计金额达200万元人民币。在得知案件结果的那一刻，兴奋与激动的情绪涌上参与案件代理的每名学生心头，他们为当事人的得偿所愿而高兴，也为自己的付出而感到骄傲。"我们作为一个热爱公益的团体，向需要帮助的人伸出援手，便是实现自己法治情怀与价值的路径"，国际法学院2017级林景涛自豪地说。

终点？起点？在路上！

　　每一位尽职的法援人，都期待着为因纠纷而囿于生活困境的人们提供自己力所能及的帮助。然而，一次又一次因为能力、资格等多种因素的限制或是其他事实带来的挫败，使得法援人常常出现无奈的低落情绪。因此，这次案件的顺利解决，极大地鼓舞了参与其中的每一个法援同学们。"这个案子也提醒我们，原来我们可以做得更好，实实在在去做公益法援，努力把法大法律援助做出成绩来。"法学院 2017 级王雯瑶坚定的语气中洋溢着难以抑制的兴奋。

　　这次成功的代理让准律法援中心在全社会引起了不小的波澜，但法援的同学们深知这仅仅是"N 分之一",是一个案件的终点、更多挑战的起点。在接下来的法援之路上,对每一名当事人的共情与理性、对每一个案件的审视与预判、对每一次实地考察的由表及里、对每一份司法文书的字斟句酌,都是在向所有人表明,无论成功的几率有多大,法大法援人都会尽力做到最好。

"很多人都说,一群学生能干什么啊?就算每天值班又能帮到几个呢?"高鑫想起自己在法律援助道路上曾遭受的质疑,语气却更加坚定了,"这条路真的并不容易,但法律援助在我心中有它自己的定义——哪怕只有一个当事人,我们也义不容辞;哪怕没有回报,我们也甘之如饴"。

但行善事,莫问前程。即便是壁炉星火,也能够温暖他人、点亮心灯,燃起当事人的一线希望。

【CUPL 正能量第 165 期】准律法援：公益法律实践团队

【CUPL 正能量第 166 期】王彩夫：
和父母一起"毕业旅行"

文 | 团宣通讯社　蒋恩第　施炜钰

引言：漫步于法大的小小校园，是王彩夫四年大学生活中最习以为常的事，而毕业前和父母一起体会最后的大学时光，也成为他梦寐以求的毕业礼物。通过勤工俭学，王彩夫攒够了邀请父母"毕业旅行"的大部分开销，"这是送给爸爸妈妈，更是送给自己的一份礼物"。

2018 年 6 月 26 日，身着学士服的王彩夫陪着父母在法大校园各处合影留念，而看着镜头里自豪微笑的父母，王彩夫心念"这是他一辈子做过的最正确的决定之一"。

人物简介：王彩夫，中国政法大学刑事司法学院 1407 班学生，曾担任院学生会文艺部部长、班级团支书，曾获校优秀毕业生、北京市优

秀毕业生等荣誉称号。毕业前夕，王彩夫通过数月的勤工俭学为父母购买赴京机票，不仅邀请他们参加自己的本科生毕业典礼，还为他们安排了北京、张家界"毕业旅行"。毕业后，为了更好地陪伴父母，王彩夫回到家乡四川成为一名基层公务员，为建设家乡贡献一份自己的力量。

相伴成长的幸福

自王彩夫记事以来，在外奔波的父亲是家中的顶梁柱，母亲则负责把一切家务事打理得井井有条。"穷什么也不能穷孩子、不能穷教育"，尽管家中生活过得并不富裕，父母始终竭尽全力保证王彩夫和哥哥接受良好的教育。一家四口的生活就如万千普通家庭，平凡但幸福。

王彩夫初一那年，母亲因长期操劳，身体累垮了，住进了医院。那时父亲工作繁忙，哥哥又正在上大学，无人照管的王彩夫只好暂住在亲戚家中。看着冷冷清清的家，病床上疲惫脆弱的母亲，那一刻，王彩夫感到一种"天快要塌了"的无助。13岁的少年，第一次深切感受到父母的艰辛与生活的不易。

母亲的病重让王彩夫一夜成长。为了减轻母亲的负担，让她能够安心养病，他开始慢慢学着独立：有意识地减少对父母的依赖，在很多事情上自己拿主意，只是偶尔咨询父母的意见。这种"放养"式的学习生活模式，让父母和自己的交流机会变少，但王彩夫明白，父母的言传身教早已经浸入自己的骨子里，成为自己为人处世的准则。

王爸爸是一位慈爱的父亲，更是一个孝顺的儿子，工作繁忙的他，仍坚持每月数次回老家看望父母；妈妈除了照顾子女，更尽心尽力地照顾着两家老人。王彩夫将这一切看在眼里，"亲孝"的种子就这样深埋心底。

法大求学四载，父母与王彩夫间的互相思念和关心，让这颗种子在他心中不断生根发芽。父母担心王彩夫在学校吃不饱睡不好，常将做好的美食寄给儿子。而又如每一个出门在外的游子，王彩夫虽常常想念父母，但从来都是报喜不报忧。在准备司考的日子里，繁重的学习任务和压力让他的这份思念更甚，可是因为怕父母担心，他不敢轻易地打电话，害怕泄露了心中的焦躁和紧张；而父母也因为怕打扰儿子复习备考而不敢频繁地联系。考试结束的第二天，王彩夫难抑思念，"直接飞奔回家"。

成长的见证者

大三的夏天，看到即将毕业的师兄师姐们穿着学士服和父母一起合影，王彩夫便萌生了在一年后邀请父母参加自己毕业典礼的念头。这既是为了"圆父母没有上过大学的梦想"，也是为了"报答父母二十多年

的养育之恩，让他们见证自己人生中的重要时刻"。父母往返北京与游玩的花销当然要自己承担。为了给父母一个惊喜，王彩夫对自己的计划守口如瓶，默默开始勤工俭学赚取足够的费用。

2018年5月，通过社会兼职和在校实习，再加上自己省吃俭用攒下的生活费，王彩夫终于凑够了父母来京的费用，兴奋的王彩夫第一时间在微信上向母亲发出了邀请。等待母亲回复那几分钟，于王彩夫而言，是度日如年般的焦灼和不安。母亲回复道："我和你爸很开心，特别想来。"王彩夫不知不觉间松了口气。虽然父母的欣喜在意料之中，可他却足足高兴了一整天。

"那个穿皮孩儿（鞋）的，是我家幺儿（最小的儿子）！"毕业典礼的清晨，母亲远远地看着"法渊阁"前王彩夫和同学们拍毕业合影，难掩自己心中的喜悦。虽然父母没能和王彩夫一同坐在礼堂里参加毕业典礼，但当他想到父母正和其他同学的家长们一起在分会场见证同学们的重要时刻，能看到"他们自己播下的种子开出了花、结出了果"，那种庄严的仪式感充斥于他的心头。

游圆明园、观天安门、吃烤鸭……除了逛北京，王彩夫还带着父母到了张家界。父亲常年忙于工作，母亲辛苦操劳家务，这是他们第一次家庭旅行。父母不善表达，但旅途中脸上难掩的笑容，和手中一直"咔嚓咔嚓"的照相机，早已流露出他们快乐的心情。王彩夫下定决心，工作后一定要常带着父母出去游玩，和他们一起去看那些曾因忙碌而错失的美景。

为成长而感恩

从四川到北京、从家乡到法大，四年的大学时光对于王彩夫的最大影响，除了收获了丰富的真知见识，更重要的是法大赋予自己的致公情怀。也因此，王彩夫发现不管是经济、科技还是教育水平，西部与东中部地区都有很大的差距，自己的家乡急需人才来建设。于是，王彩夫在

毕业后选择了报考家乡的基层公务员，希望为生养他的土地贡献一份自己的绵薄之力。"为家乡的建设和自己的事业，不辞辛劳、不计回报。"这是王彩夫对自己未来的期许，更是他从父亲身上习得的优良品质。

落叶归根，游子归乡，父母养育儿女的任务已经完成，接下来便是孩子反哺报恩的时候。王彩夫选择回到家乡，也是为了更好地照顾父母。他们辛苦大半辈子，终于将王彩夫和哥哥拉扯长大。如今哥哥已成家立业，而王彩夫也找到了满意的工作。王彩夫觉得，现在该由他们成为这个家的顶梁柱了。

玉兰花开花落，军都四载情长。不知不觉间，满心是爱的少年已经长成为一个有担当的法律人。邀请父母参加自己的毕业典礼，见证自己的重要时刻，对王彩夫而言不仅意味着"尽孝"，更代表着自己在这个人生阶段中的"成长"。走向社会的下一阶段，还会有更多的挑战等着他，但王彩夫始终充满信心，因为在家人身边，就有幸福的力量。

【CUPL 正能量第 167 期】李悦：做有志趣的拾遗者

文丨团宣通讯社　罗亚雯　陈广浩　杜　芬

引言："非物质文化遗产已经失去了它社会存在的根基，你们觉得自己的努力能够帮助非遗发展传承吗？""有些事只有做过了，才算没有罪过。"大学期间能做的事情很多，但李悦想选择做一件自己认为值得的事，"如果非物质文化遗产的慢慢消失是众人口中的必然，那我希望为它做些什么"！

人物简介：李悦，中国政法大学 2016 级刑事司法学院侦查班学生，曾任校青年志愿者协会支教部部长，组建法大创行（Enactus）"清甜记忆"项目组，致力于老北京非物质文化遗产的传承与推广。2017 年，与前门大街木版年画、杨梅竹斜街木版年画、兔儿爷等老北京非物质文化遗产传承人合作设计文化体验课程。"清甜记忆"项目组在 2018 年创行世界杯大学生社会创新大赛中国站华北地区区域赛中获得一等奖。

"拾·遗"是一种理念

"这学期我要在婚姻法广场的长廊上、逸夫的展厅里挂上我们的年画、风筝……" 2018 年春季学期开学，李悦雄心勃勃地立下了一个"flag"！

2018年4月13日至22日，李悦与队员把"清甜记忆"团队非物质文化体验课的部分成果做成了以"拾·遗"为主题的展览，让更多人了解到老北京的传统文化。"拾·遗"在逸夫楼展览的那段时间，原本很少去逸夫楼自习的李悦每天都会去逸夫楼看看，悄悄观察去展厅的每个人都看些什么，有时还会主动凑上去聊几句，简单介绍一下展览和作品。一次展览，把一年来李悦通过和手艺人接触而形成的对非遗传承的理解"不完美"地诠释出来，但她深知不能仅仅停留在宣传非遗重要性和表面的扶助上，非遗的生长方式和成长环境更事关其传承。

对于李悦来说，收获更多是来自于认同，她用"全身闪着光"来形容成功举办展览的那段日子。"拾·遗"主题展览在法大校园里反响热烈、获赞颇丰。展览的留言簿上有人感谢这个展览让她想起了家乡也有许多需要发现的传统手艺，有人赞美展览给人的美好触动，还有人为"清甜记忆"这个团队加油，肯定他们的付出和努力……这一切都让李悦觉得兴奋又感动，她没想到自己开学时反复提到的"豪言壮志"真的就这么实现了，一切来得太奇妙、太惊喜。

"清甜"是一个团队

"我更喜欢称'清甜记忆'为团队，因为这里并没有强制制度，大家志同道合才聚集到这里。""拾·遗"便是团队组建之初李悦和其他组员一起"头脑风暴"的产物。

"清甜记忆"在学校的定位是一个社团，李悦本意不希望团队成员觉得被束缚，这也是导致团队后期工作中"搭便车"问题的主要原因。团队成员随意请假使得项目很难进行下去。最难的时候，李悦一个人包揽起整个项目的工作。"有时几乎累到崩溃，当时觉得挺孤独的。"为

了扭转团队协作僵局，让项目更好地运行下去，李悦在团队带领和建设方面思考良久。寒假结束的开学前一天，李悦给团队的每位成员写了一封信：如果你愿意坚持做下去，我们就始终一起干，但下一阶段工作量会加大很多，"拾·遗"展览之前，我们都需要作出对自己负责任的决定"是否愿意继续干下去？"

这次抉择后留下的人都成了"清甜记忆"的核心成员。人少活多，以一当十。布置展览的时候，大家基本上一下课就赶去逸夫楼布置，午饭在日程安排之外。展览用的帆布包是大家从城里背回来的，风筝是团队中午挑扎晚上打车运回学校的，年画背景板、前期布展是大家在主楼地下室夜以继日制作出来的……展厅审批到正式展出只有清明节假期的三天时间，团队成员们的整个假期都在线上线下配合工作。

李悦这样评价紧张筹备的"拾·遗"："和志同道合的人一起努力很重要，能遇到'清甜'的队员们一起陪着项目成长也非常幸运。"

不遗余力的热爱

"拾·遗"的展览只是李悦负责的创行项目下的附属产品，或者说是项目的一种宣传方式。做展板时，李悦带着父母逛遍了家附近的各个废品站。"我很中意那个废品站，质优价廉，很容易选到展板原材料。"李悦笑道。而期间的种种辛苦，都被李悦云淡风轻地带过。大学四年是一个能以较低试错成本去尝试不同东西的时期。

从开展非遗体验活动，到和法大青年志愿者协会支教部合作推出书画大赛，再到与前门大街石头社区设计非遗文化体验线路，李悦和她的团队都在为非遗成长开辟新空间积极地做出努力。有人问："你们这样努力但效果并没有很明显，觉得自己的努力值得吗？"也有人问："非物质文化遗产已经失去了它的社会存在根基,你们觉得自己的努力能够帮助非遗发展传承吗?"李悦用做木版年画的张阔老先生的一句话回答所有问题:"传承这个东西不是我的责任,也不是你们的责任,如果这个东西在我这一辈消失了,那可能是它的气数尽了"。

李悦说:"我们做的所有努力仅仅是一种记录,只是希望记录过后,能让我们知道为什么去传承、如何去传承。这些事只有做过了,才算没有罪过。""清甜记忆"只是创行项目下的一个项目组,以后将会有更多团队人员替代"清甜"团队继续参与完成非遗大项目中的各种工作。对李悦来说,这一年多的参与是一场不遗余力的热爱,一场为了将来不罪己的作为。

【CUPL 正能量第 168 期】符翔宇：按快门的人

文 | 团宣通讯社　施炜钰

引言："我并不是什么摄影师，只是一个按快门的人。"符翔宇摩挲着手中的墨色相机，脸上是近乎虔诚的敬意。探索摄影艺术数载，她早已沉醉于镜头中的世界。迷离光影，精心构图，按下快门，反复修

片。每一次举起相机都是对微小细节的悉心发现，每一次按下快门都是对画面之美的不懈追求。于她而言，摄影是爱好，也意味着生活。

人物简介：符翔宇，中国政法大学刑事司法学院1504班学生，上大学之后对摄影产生了浓厚的兴趣，在潜心钻研技术方法的同时，始终保持着对摄影艺术的热情。起初，符翔宇是想通过摄影记录日常生活最真实的面貌，后来渐渐变为追逐平凡日子中不易被察觉的美。她在摄影中思考人生，形成了独特的拍照风格，并凭借摄影约拍的收入达到了生活费上的自给自足。

寻找与摄影的相处之道

进入大学前的符翔宇，对摄影的认知仍停留在家中的全家福，或是旅游时手机随意拍下的"游客照"。直到步入大学校园，身边懂得摄影的朋友越来越多，符翔宇看到好友们拍摄前熟练调配着各种参数，以及修片后朋友圈中晒出的漂亮照片，对摄影有了更加深刻的认识，也对这门艺术产生了浓浓的好奇心。

因为这份好奇心，符翔宇借了朋友的相机，开始有些"玩票"性质地四处拍照，留下了许多探索性质的稚拙作品。随着摄影经验的积累，符翔宇慢慢发现，虽然人不可能清晰地记住所有往事，但只要按下快门，就能让回忆在相片中永远鲜活生动。一张张照片，是稀松平常的生活琐事，更是自己眼中的温暖世界，符翔宇越来越迷恋摄影带给她的新鲜感与满足感，并觉察到了自己的些许天赋。于是，她购置了一台相机，正式踏上了背着相机按快门的摄影之路。

符翔宇没有刻意学习摄影，而是在每次拍摄过程中不断去尝试和打磨摄影技巧，以及在拍摄完成后进行反思和总结。"只有不断地摧毁风格，再不断地重构风格，才能让相机在自己手中活起来。"怎样才能让光线更加自然？怎样才能让构图更加和谐？怎样才能让视角更加独特？符翔宇正是在这种不断尝试与追问中，逐渐找到了最适合自己的摄影风格。

约拍中逐渐成长

除了拍摄日常生活，为了培养自己摄影作品中的艺术张力，也为了凭借手艺赚些零花钱，符翔宇开始经营起自己的约拍事业。与约拍的主要作品类型——"糖水片"不同，符翔宇擅长色调偏冷的现实性写真。由于部分作品的风格较为大胆，符翔宇有时会遭遇来自他人的质疑和不理解。

"我的照片拍出来，会收获赞美，当然也会被人批评和讨厌，但我并不在乎他们对我风格的评价。"符翔宇这样对待来自外界的声音，"总得有人去尝试那些不同的风格，既然喜欢摄影，那么就要敢于去做"。

每一个摄影师总会有自己偏爱的偶像。对于符翔宇而言，自己摄影路上的精神向导是著名的日本摄影师荒木经惟。荒木经惟的摄影风格表现出浓浓的"非主流"气息、色调灰暗、气氛压抑，模特的每一个表情都鲜活到令人印象深刻。他的每一幅作品，都是模特与摄影师一起，将摄影艺术的张力表达到极致的体现。

于是在约拍过程中，符翔宇也尝试着调动顾客情感，让模特们的表情尽量生动而富有灵性。拍摄前充分沟通，拍摄中不间断地聊天与交流，符翔宇总会准备很多适合照片风格的话题，放松模特心情的同时，也能自然地营造出利于模特流露情感的氛围。符翔宇认为："与拍摄对象建立起情感沟通的桥梁，会更容易抓住他们的真实面貌，从而会使模特们的神态更加灵动，照片所要表达的内容也会具备更丰富的层次。"

不愿放弃的热爱

2019年是符翔宇正式接触摄影的第四个年头。这个与"美"息息相关的爱好除了提升了她的审美与艺术敏感度，也让她认识了许多志同

道合的好伙伴。看到部分朋友因为种种原因放弃了摄影，符翔宇也不免开始担忧自己的摄影之路——她将来也会放下相机吗？

担忧之余，生活也带给了她许多考验。一方面，已经大四的符翔宇面临着法考和毕业的压力，可以支配的时间越来越匮乏；另一方面，符翔宇的父母想让她考取公务员以求安稳的生活，这与她创建摄影工作室的理想大相径庭。最重要的是，当一件事做久了，心情也容易变质，如果摄影不能再给自己带来快乐，那么再坚持下去也不会有任何意义，符翔宇害怕自己在将来无法保持对摄影不变的初心。

但符翔宇是洒脱的。虽然将爱好变成职业的想法遭到了父母激烈的反对，虽然她也不知道自己还能保持多久的热情，但只要还能按下快门一天，她就不想放弃摄影。"不同时间，不同角度，一张小小相片却能表达我的全部情绪。不得不承认，摄影真的是一门迷人的艺术。"

身处这个物欲横流的世界，或许是因为始终在镜头背后张望，符翔宇总能保持着反省的习惯与清醒的目光。"拍龄"并不长的符翔宇不敢自称摄影师，认为"按快门的人"更加适合自己。她觉得，如果自己尽可能去冷静地观察世界、记录世界，只要能留下一点点美好的碎片，就非常值得骄傲了。

"摄影和诗歌、音乐的创作都是一回事，艺术家通过五彩缤纷的方式捕捉趣味，无论最终形式如何，作品背后都是艺术家想要表达的真我。"摄影对于符翔宇而言是一种独特的叙事方式，而照片就是她的语言。举起相机，按下快门，用照片缓缓讲述自己的故事。符翔宇说，在那镜头中，仿佛潜藏着另外一个广袤无垠的美好世界。

【CUPL 正能量第 169 期】李娴姝：
一缕青丝，一寸善意

文｜团宣通讯社　李昕媛　岳梦雪　董浩然

引言：如花朵般美丽的青春时光，许多孩子却因为癌症的摧残而青丝尽落。头发本没有什么价值，但当它们被编织成发套，让患癌儿童们能摘下帽子在阳光下明媚微笑，发丝就有了更深层次的意义。在李娴姝眼中，能将自己养护了整整三年的头发捐给小朋友们，就是她内心中的"小确幸"。

人物简介：李娴姝，本科就读于中国政法大学国际法学院 1308 班，现为清华大学法学院国际仲裁与争端解决方向研究生。本科期间曾多次参加国际商事仲裁模拟仲裁庭辩论赛，并于第十三届"理律杯"高校模拟法庭竞赛获得亚军。大二时她偶然了解到"青丝行动"的捐发计划，三年里对头发进行精心养护，终于在 2015 年 6 月如愿将 35 厘米长发捐献给中国癌症基金会，用于为患癌儿童制作纯天然发套。

尺寸青丝传递生活之美

李娴姝从小时候开始，就喜欢向需要帮助的人施以援手。上大学之后，五彩缤纷的公益项目更是给了她许多满足心愿的机会。从大一开始，李娴姝就积极参与法律援助类型的校园社团，假期时主动在小区中给乡邻普法，也加入过学校组织的远程支教活动。无论日常生活有多么忙碌，李娴姝总能坚守初心，在学习之余抽出时间去力所能及地帮助他人。

也许正是因为公益经验的累积，李娴姝逐渐不再满足于常规类型的公益活动，而是渴望通过某些与众不同的形式来奉献自己的力量。某个暖意融融的冬日，李娴姝无意间点开了"青丝行动"的公众号。那是一篇纪实文章，一名参与"青丝行动"的志愿者在文中以朴实无华的口吻，讲述了自己蓄发、剪发、捐发的心路历程。

"无论生病与否，这些小朋友和我们一样，是热爱生活的人。他们不该自卑地戴着帽子，他们也有追求美的权利。"李娴姝在同情那些小朋友的时候，也被这些特别的"捐发"志愿行为打动了。于是，她便萌生了亲身参与头发捐献的念头。一般而言，很少有女生愿意剪掉好不容易留长的头发，但李娴姝并不心疼，她笑着说："头发剪短了，还能再变长，但能让头发发挥出自己最大的效用，比保持短暂的美丽更有意义。"

待到长发及腰时

下定决心之后，李娴姝便开始了漫长的"蓄发时期"。最初蓄发的那段时间刚好是夏季，长而厚重的头发在高温天气中给她增添了许多不便。

不能烫染和变换发型的苦恼、繁琐的清洗与养护程序曾令李娴姝心生退意——"想去理发店里摆脱头上的'累赘'"。但是，每当她重新浏览"青丝行动"公众号里一位位捐发者写下的文字，那些满怀着善良与爱意的字句总能让李娴姝的负面情绪烟消云散。

法律人常常说自己"学法必脱发"，虽然多少带着点调侃意味，但确实也反映了部分现实。等待头发变长是一个漫长的过程，而保持自己的发量，对于当时的法学院本科生李娴姝而言，无疑又是一个难题。根据在互联网上搜索的结果，李娴姝决定，用保持健康作息与饮食结构的方式来弥补繁重学业对发量造成的损伤。

时光潺潺，青丝渐长，经过三年精心养护，李娴姝终于将长达35厘米的头发剪下。在这个艰难的过程中，李娴姝得到了身边人的许多帮助。家人的理解、朋友的鼓励，这些逐渐汇集在一处的小小感动，就像温暖阳光一般照亮了李娴姝的"捐发之路"。当她从"青丝行动"的负责人那里得知头发"已经合格"时，李娴姝难掩喜悦道："终于完成了一直想做的事，仿佛能看到孩子们微笑着奔跑在阳光下，觉得自己超酷！"

小众公益的独特之美

"经过这次独特的公益活动，我了解到，原来不止是器官和血液能帮助到他人。"李娴姝再次点开"青丝行动"的公众号，看着陪伴自己度过漫长蓄发岁月的文章，她在字里行间找寻到自己的影子，一种更加切身的共鸣感涌上心头。

"只有亲身经历过，才能让更多人真正了解这项活动，勇敢迈出公益的第一步。""青丝行动"让李娴姝发现，对于那些普及度并不是很高的公益活动，如果主动参与，并且能让更多人知晓这项活动，做公益的传播者，比起仅仅参加常规公益可能会更有意义。

至于如何合理推广小众公益，李娴姝有着自己的看法："首先是要尽量寻找正规渠道的公益活动，其次是要充分了解活动要求，避免做无用功，才能达到理想中的宣传效果。"在李娴姝的不懈宣传下，身边的朋友们都开始寻找捐献头发的渠道，决心为患癌儿童贡献出自己的一份力量。

"青丝行动"之后，李娴姝的脚步并没有就此停滞不前，现在已经保研成为清华大学法学院研究生的她，仍然在小众公益活动中探寻生活的别样意义。在她眼中，公益并不是一时的新鲜体验，而是应当持之以恒，用心体会的长久之事。一缕青丝，在旁人眼中可能是微不足道之物，但用心发现，用爱呵护，就能赋予其善意，而这足以让孩子们的脸上重现天真绚烂的笑容，那是对真善美的向往。

【CUPL 正能量第 170 期】周果：计算机"男神"

文｜团宣通讯社　张澳璇　杜　芬

引言：法大是欣喜的相遇，执教于此是用心后的相逢。2018 年春季学期，上过周果老师"计算机概论课"的同学都有一个共同的体会——"果果老师的课堂像是一场新技术的体验之旅！"身处教学科研一线、善于利用人工智能辅助教学、认真负责"接地气"使得周果老师成为同学眼中的"法大计算机男神"。

人物简介：周果，法大计算机教研室老师，本科毕业于北京邮电大学计算机学院，后获得中国科学院计算技术研究所博士，于 2017 年来

到中国政法大学法治信息管理学院任教，主要开设与计算机相关的通识课程。周果老师的课堂深受同学喜爱，被同学们亲切地称为"果果男神"。

从"0"到"1"

初来乍到的周果老师，被同学们问及最多的话题就是"为什么选择在以法学为特色和优势的法大任教"。他如是回应："计算机和各学科的融合是这个信息时代的必然，法学也是如此。近几年，法大新设的法制信息管理专业正是对时代趋势的回应。"2017 年秋季学期，刚从中国科学院计算技术研究所博士毕业后的周果在西北京郊的军都山下开启了自己的教师生涯。

相比于北京其他同层次高校，法大在计算机及其相关学科方面的科研和教学较为滞后。2017 年新设的法制信息管理专业是法大的一项开拓性的尝试，也是摆在周果老师和其他所有科学技术教学部老师们面前的难题。法大计算机科研与教学的难处在周果老师的反向观察和拼凑中呈现出来的是一块计算机科研教学的绝佳拓荒地。较少的科研经验和帮扶伴随着更多的科研自由；较少的教学人手和科研项目伴随着对自身精细和效率的高要求。周果老师在科研和教学工作中，不断积累自己作为拓荒者的经验和能力。"很多事情都需要自己完成，虽然辛苦但很值得。"

技术媒介助"欢乐课堂"

与其他课程中常用的公共邮箱、"微信群"等沟通方式不同，周果老师充分利用自己的计算机专业知识，结合当下教学和学生的兴趣点，

利用公众号这个新媒介创建了"人工智能课代表",改变了传统计算机教学模式。"智能课代表"的灵感源起于 2017 年秋季学期,周果老师发现传统的微信、邮箱答疑和交流对于大班教学来说并不高效,大多数同学在课程学习方面的困惑具有很大的相似性,传统的答疑方式下任课教师需要花费大量的精力重复回答或者解释同学们提出的相同或相似的问题,而同学的提问也经常"淹没"在微信群的大量消息中。"能不能利用一些技术手段更加有效地和同学们交流",周果老师对此进行了思考。

于是,"法大计算机"公众号应运而生。通过设置"关键词"高效解决了重复答疑问题的同时,周果老师还创设了"人工智能课代表",自动整理留存课程资料以及同学们的疑难点问题,更好地帮助同学们及时复习所学的内容并加深理解。此外,周果老师在课程公众号定期推送的"神秘小视频",用同学们喜闻乐见的方式表达自己关于计算机的独特想法和观点。类似的推送视频无形中拉近了师生间的距离,让大家在轻松的课程体验中感受到计算机科学的魅力，公众号里的"每周作业"甚至成了同学们翘首以盼的惊喜与欢乐。

"独到"与"师道"

周果老师别出一格的教学方式让同学们印象深刻，更愿学、乐学。把朋友圈里的"刷屏表情包"放入编程语言，编程课开始界面出现"生活终于对我这个小可爱下手了"，编程结束则出现"大吉大利，今晚吃鸡"。周果老师被同学们称为"计算机老师中最好玩的，好玩的老师中计算机技术最好的"。周果老师的课堂虽然"轻松"，但绝不"随意"。每一个表情包的使用，每一句搞怪的编程语言的背后，都有周果老师自己独特的教学考量。表情包调节同学们连上三小时课的疲惫；搞怪的编程语言是为了借助同学们喜闻乐见的传播内容最大程度地吸引大家的注意力，更好地强化大家对知识的记忆。

"大家成绩理想不用谢我，不够理想也不要埋怨我。"这句话是对

周果老师授课态度的真实写照。不论是日常作业的布置讲评，还是期末试题的考核反馈，周果老师都有自己的坚持——拒绝一味地迎合同学降低作业难度或者勾画考试重点。被问到是否担心因为自己的严格导致同学不愿意选自己开设的课程时，周果老师表示"喜欢会放肆，但爱就是克制"。

在当今这个大数据、云计算、区块链、人工智能等以计算机为基础的高端技术迅速发展并进入人类生活的信息社会，基本计算机知识的短缺会大大制约一个人的长远发展。正是如此，周果老师才一如既往地秉承着"严格施教"的理念，这是育人子弟的职责，更是为同学着想的关爱。

【CUPL 正能量第 171 期】程婷如：成长体悟者

文 | 团宣通讯社　罗亚雯　杜　芬

引言："我一直对自己说，但行好事，莫问前程。人无法预知未来，你不知道现在做的哪一件事就会使未来的自己十分感激，只有越努力，越幸运。"

人物简介：程婷如，中国政法大学人文学院 2016 级哲学专业学生，现任班级团支书、2018 年校学生代表、校学生会副主席，曾作为 2016 级本科生新生代表做开学典礼发言，获学业奖学金一等奖、人文学院丽

娜奖学金三等奖等奖项，被评为人文学院及校三好学生、人文学院优秀团员及校优秀团员。

"拼命三娘"

社团、竞赛、双学位、做项目……时间被填得满满当当，程婷如是法大典型的"拼命三娘"那一类的学生。

初高中时期的丰富社团经验使得程婷如把社团看作自己大学生活的必选项。"我以前与人相处是很被动的，甚至说是社交恐惧症，但是在社团工作久了，就好多了。"她说自己没什么兴趣爱好，但又闲不下来，社团工作带给她很多有趣的经历，也让她认识了很多可爱的人，让她的一些闲散时间变得充实起来。所在职能部门的特殊性使得程婷如的社团工作一直很忙碌：相同工作的不停重复，一天之内统计1000多份报名信息，忙起来时几乎要住在办公室……这些对程婷如而言都是很平常的事情。

修读法学和哲学双学位的程婷如在繁忙的课业之余参加了很多自己感兴趣的比赛和项目。她印象最深的是模拟新闻发布会，凡事力求做到极致的她对比赛倾注了很多精力：大量查阅资料了解背景，观看真实的新闻发布会视频，向相关专业的老师请求指导意见，向师兄师姐请教比赛经验……"最佳发言人"称号于程婷如而言，来之不易也当之无愧。

如何平衡社团工作和学习，这个大多数参加社团工作的人都会遇到的共同难题在程婷如这里显得格外"容易"："如果我们真的想尝试更多事物，最应该专心致志、力求高效，否则只会同时耽误两者的完成效果。"

在自己的选择里生活

高考的失常发挥是程婷如的遗憾,所以她大一的时候便卯足了劲儿学习,想要向其他人证明自己的实力。一年下来,她拿到了一份非常漂亮的成绩单。与此同时,程婷如开始反思原本的"证明给别人看"的学习目的,发现这似乎只是给自己徒增负担。在经历大学的深入学习后,程婷如觉得自己是凭借对自己的高要求和十分的努力才获得今天的成就,而非天赋或者聪明。也因此,程婷如的学习目的从"证明给别人看"变成了"锻炼自己的思维方式"。

程婷如说自己原来是很迷信"标准答案"的人,可是哲学偏偏是没有标准答案的,同一个问题不同的哲学家会给出不同的观点,没有所谓的对错,只要能在自己的逻辑中自洽即可。哲学的学习给程婷如带来了很多观念上的改变,从前她只接受自己的生活方式,学习至上,认为所有不努力学习的人都是在浪费时间。大学的学习和广泛的人际交往后，程婷如慢慢地发现，每个人都有自己的生活方式：有些人一心搞学术，有些人想做出一些社团成绩，有些人追星，有些人简单地想要让自己变得更好看……只要不失去底线，只要是为了追求更好的自己，只要怀着对生活的热情，生活方式并没有高下之分。只要是在自己的选择里生活，哪怕遇到阻碍也是自在的困境。以更包容的心态来看待世界是程婷如的成长与收获。

生活的刻意选择之余，程婷如感激缘分，她很庆幸自己在大学遇到了一群好室友。赶着门禁前最后一分钟回到宿舍，几个人围坐在一张床上，白天的不顺意消解在互诉衷肠的夜谈里。

但行好事，莫问前程

有一段时间程婷如经常熬夜到很晚，白天的过度忙碌让程婷如仿佛觉得只有夜晚才是自己的小小天地，躯体的放松和思想的天马行空，深夜仿佛是偷来的自由时光。

"想要的太多，快乐就会变成一件很难的事，因为成功的喜悦来不及幻化成快乐的时候就又要投入到下一件事情中去。"程婷如也反复怀疑过把自己搞得这么"累"的意义，但是从来不敢懈怠。多年来，她始终保持着一个信念："有些暂时觉得没有意义的东西，日后也许会让你受用很大。"就像她小时候费很大劲练习的盲打用在了今天的课堂笔记记录和工作上，就像刚开始接触哲学并拼命研习后取得的成绩和生活态度的转变。

慎重的抉择是放弃，随意的选择是关上自己的门。"有机会犯错的几年，尽可能尝试和锻炼自己，虽然'苦尽'不一定'甘来'，但对我来说，去更多地参与，就意味着能够把握住更多的机会。"程婷如依然忙碌地学习、工作和生活，但她不再"逼"自己，只是脚步坚定、步履不停，把成长的每一步做到掷地有声。但行好事，莫问前程。

【CUPL正能量第172期】丁昕戈：简约主义学霸

文丨团宣通讯社　董浩然　焦时悦　张澳璇

引言：回望大一，丁昕戈用"简单"二字给这一年的学习生活定调。无论身处的环境如何浮躁，她总能在重重考验中把生活简化到可以掌握的范围，平衡到能够专注的程度。不乱于心，不困于情，她时刻保持着自己稳健的节奏，专注地走好朝向简单生活与平凡理想的每一步。

人物简介：丁昕戈，中国政法大学商学院工商管理专业1703班学生，2017~2018学年专业第一名。初入大学，她不为令人眼花缭乱的课余生活所动，仍然坚持着简约的生活模式。无论是专业必修课，还是公共课，她都听得十分入迷。除了课堂，她也以十分的热情投入到各类竞赛之中，多元的选择和尝试让她的目标更加清晰。大一结束后，丁昕戈因成绩优异被推荐到中山大学作为交换生学习半年。

我有我的节奏

在踏入大学之前，丁昕戈对自己的未来生活做出了简单规划。作为高中生，她只是想单纯地好好学习专业课，为以后的工作与发展打好知识基础。然而，大学生活并没有她想象中的那样"简单"。繁杂的社团事务与缤纷的社交活动蜂拥而至，丁昕戈也曾经迷失与慌乱。但是，已经下定决心把学业视作大学生活重心的她，由于看过太多身边因为一时贪图享乐而顾此失彼的先例，在短暂的迷茫过后仍然能够保持专注学业的初心。

丁昕戈的第一个方法，就是有意识地去训练自己集中注意力的能力。只要是在学习的时候，她就绝对不会去思考除了知识之外的任何

事。微博、八卦、追剧、游戏……这些极其挑战个人专注力的东西，在她的"意志力游戏"中纷纷落败。久而久之，随时忘却娱乐的诱惑、快速切换学习状态，已经成为她的"基本技能"。

2017～2018学年的春季学期，丁昕戈的课表上排列着非常密集的专业课，及时跟上教学进度并消化知识，对努力程度已超越一般水准的丁昕戈而言，也是一个不甚简单的挑战。为此，她的选择是将更多的休闲时间分配给自习，图书馆成为她的"主战场"。同时，丁昕戈对自己的作息也有非常严格的要求。无论是为了工作和学习"熬夜爆肝"，还是懒散地睡到日上三竿，对于始终早睡早起的丁昕戈而言，全都是比较"出格"的失常行为。即使是社团任务繁重的日子，她亦不会放弃早睡，而是选择提前一段时间起床，将事情在一天开始之前完成。

在自由宽松的校园生活中，大学生可以努力成为理想中的自己，也能逐步沦为曾经厌恶的模样。丁昕戈始终保持着自律与积极的生活态度，并未觉得痛苦。"简单而有规律的生活节奏，让我看到每天都在进步的自己，也让我感受到了充实的快乐。"

课皆不水，为学之道

中华文明通论、毛泽东思想概论、近代史学纲要……在很多法大学生眼中，这些课都是"费力不讨好"的"形而上学"。以至于有人对待这些课的态度，不是"翘课"，就是"水课摸鱼"。也有人质疑，这些对于提高本专业水平没有立竿见影之效的理论课程，是否值得花费过多精力去学习呢？

然而，丁昕戈奉行"知识至上，上下求索——课皆不水"的信念，学习新知识成为她在这类课程中最主要的目标。"这些课程是值得静下

心认真听的。在学习过程中，我打开了许多新世界的大门，接触到了未曾接触的领域，也收获了很多有意思的观点。"要成为某个领域之中的翘楚，知识储备自然不能局限在单一领域，丁昕戈深谙此理。

但是身为学生，丁昕戈并不是完全超脱于课程成绩的存在，在每一节公共课之中投入巨大精力的她，偶尔也会因为分数与努力的不成正比而怅然若失。"分数确实不太理想，我也有短暂的情绪低迷，但回想起每节课的聚精会神以及认真准备，不得不说还是有着专业课堂上我不曾体会到的收获。"

在"形而上学"中舍弃了一时的玩乐，却收获了无数理论"干货"，有舍有得间，丁昕戈也逐渐放下了功利心态，将"获得知识"看成了学习的第一要义。

简约而不简单的初心

　　大学时光，无论是不断出现的挑战，还是接踵而至的困惑，都会让处于"暴风成长"阶段的年轻人产生不同的情绪与思考，丁昕戈也不例外。回望过去整整一年的学习，丁昕戈偶尔也会因为极度自律的辛苦学习而产生迷茫的心态。而在被负面情绪影响的时候，丁昕戈喜欢读哲学类书籍，擅长运用大道至简的智慧来纾解压力、收纳情感，从而删减和拒绝无效的琐事，让生活不断回归简单。中西先贤那些字字珠玑的话语，在丁昕戈处于消极的迷雾中时，就仿佛千年古刹中的钟声，总能清晰地唤醒她心底深处的共鸣。

　　丁昕戈一直有着清晰的目标，尽管随着阅历增加，目标会不断变化，但每当她把目光投向长远的事情，总能时时提醒自己简单而专注。

　　除了运用"简约哲理"点醒自己，丁昕戈还给自己的未来设定了一个"简短"的目标——完善自身，为社会做贡献。目光坚定前路坦荡，每当她想起自己的初心，似乎保持专注也不是什么难事。就如同她重复了很多遍的话语："只要我的大方向明确了，可能就不会那么容易误入歧途吧。"远方的目标如灯塔般指引，丁昕戈站在高处，透过迷雾矫正自己的航线，每一步都走得稳健又坚定。

　　"大道至简"，丁昕戈厘清繁杂的生活琐事，一次次在浮躁中重拾安定的心。"化繁为简"，她以简短有力的话语描绘着自己的未来愿景。她巧妙地运用着自己的"简单哲理"，正以更加成熟和独立的姿态，一笔笔写下故事，一步步走向未来。

【CUPL 正能量第 173 期】张素芳：竹二楼里的"妈妈"

文 | 团宣通讯社　施炜钰　王浩然

引言："女孩自己在外面要注意安全，对别人要有礼貌一点，要学会照顾自己，要对自己的事情负责……"多么熟悉的叮嘱，远在外地求学的孩子经常听到家长对自己"千叮咛万嘱咐"，而当这样的对话发生在并无血缘关系的"母亲"和她"一整个宿舍楼的女儿"之间，是不是会带给人浓浓的温暖？于是，一封来自法大宿管阿姨的告别信走红了"竹二"姑娘们的朋友圈。

人物简介：张素芳，中共党员，原中国政法大学竹二宿舍楼管理员，曾获得"2016年度法大最美宿管"称号。自2016年担任宿管阿姨以来，无论大事小情，都会耐心热情地帮助同学们解决，凭借其极具亲和力的人格魅力赢得了同学们的青睐。2018年9月，张素芳因身体原因离开岗位，临别时，她留下了一封《"胖胖的张阿姨"给"亲爱的宝贝儿们"的信》，走红同学们的朋友圈，她在信中的写下了她对孩子们的叮嘱与祝福，让受其关照过的同学们感动不已。

竹二里的日夜

张素芳曾做过很多工作，在村里参与过党务工作，在法院做过孩子的临时监护人，也曾在养老院照料过老人，后来由于年龄原因成了赋闲在家的"退休老人"。闲不住的张素芳在2016年的某一天偶然看到了学校招聘宿舍管理人员的消息，就马上决定应聘上岗了。

"宿管"的工作并没有她想象中那么轻松，一方面是枯燥和繁杂的

细小事务，另一方面是睡眠的"不定时不定量"。每天清晨六点不到，她就要被堵在值班室等开门的"占座小组"叫醒，一天忙碌的工作便也开始了。而熄灯后，总会有因各种原因而错过"门禁时间"的学生需要再单独开门，有的在半夜十二点，有的甚至在凌晨两三点，她只能时刻警觉，不让她们被锁在门外。

在值班过程中，每个阿姨都会遇到一件怎么也无法避免的事——"借钥匙"。张素芳虽然不觉得频繁的借钥匙麻烦，但她认为这是一个不能纵容的"坏习惯"。曾有学生经常不带钥匙，于是便次次跑去值班室借。张素芳问她为什么不带钥匙。家在农村的学生说，从小爸爸就告诉她，忘带钥匙就爬墙头，所以她一直没有带钥匙的习惯。张素芳被她逗笑了，但同时也下定决心要让她改掉不带钥匙的习惯，于是佯装"威胁"道："如果下次不带钥匙，就要去擦楼梯，从一楼擦到三楼！"慢慢地，那名学生"被逼着"改掉了坏习惯，再也没有因为借钥匙而去值班室，但每次路过时都会探头，拖长声音喊："阿——姨——！"

在竹二值班的时间，同样的辛苦日复一日，但在张素芳眼里，这份工作带来的快乐远远大过其中的辛苦。"来学校和同学们待在一起，挺开心的，看着大家蹦蹦跳跳的，特别有活力。"

异乡的"妈妈"

"以后这儿就是你们的家，我就是你们的家人。"每当开学的时候，张素芳看着从四面八方奔波而来的学生拖着沉重的行李箱走进竹二楼，这些孩子比她的女儿小了许多，却少小离家独自求学，为人母的张素芳忍不住地"想对孩子们好"。

张素芳喜欢站在门口的大厅里，和来来往往的孩子们打声招呼，寒

喧几句，开开玩笑。撞上匆匆忙忙跑去上课的，她狡黠地喊句"赖床迟到了吧！"遇上在镜子前磨磨蹭蹭的，她调侃一句"又臭美呢？"看到拎着外卖的，她假装皱眉道"别吃了，胖了！"……久而久之，孩子们便也和她熟络了起来，有人见到她就喊"老太婆！"还有些孩子算好了她值班的日子，只为去聊聊天。

假期里的一天，张素芳在家休假时，收到了一位留校考研的学生发的消息，向她委屈地哭诉，"学习得晚了，肚子很饿却没有东西吃"。张素芳忙安抚她的情绪，让她去值班室拿泡面吃。从那以后，张素芳明白了，她牵挂的孩子们也需要她，尤其是面对高压力的学习时，更需要"母爱"，于是她便养成了在值班室储存些食物、红糖、暖宝宝等的习惯，以便不时之需。张素芳常常会带些自己做的家常菜给孩子们，而从家乡返校的孩子们也常常会惦记着给她带些特产，或是买水果时给她捎上几个。"我的储物柜常常都是满满的，就好像我的心一样！"

离开法大，羁绊还在

2018 年 9 月，日益严重的病痛迫使张素芳不得不选择离开。害怕突然的离开会让孩子们担心，于是，她留下了《"胖胖的张阿姨"给"亲爱的宝贝儿们"的信》，让孩子们安心的同时，也叮嘱她们注意身体，快快乐乐好好学习。

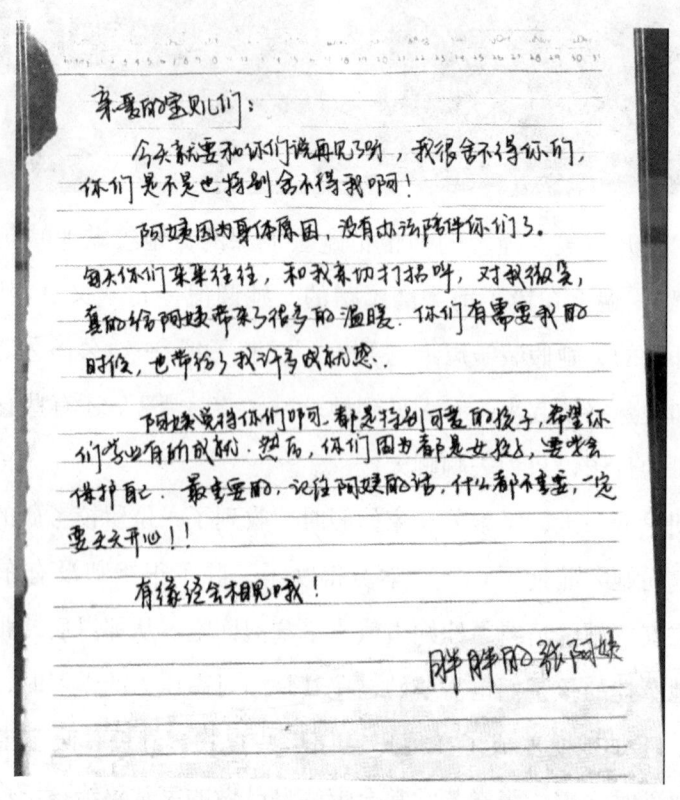

《"胖胖的张阿姨"给"亲爱的宝贝儿们"的信》

张素芳牵挂孩子们，正如孩子们牵挂着张素芳。许多孩子经常在微信和她聊聊天，关心着她的身体状况。国庆的时候，张素芳接到一个意外的电话——一个孩子去她城里的家里却扑了空。早已回到郊区居住的她又是感动又是好笑，却没想到这个孩子知道地址后又坐公交到她的家里，就是为了见她心心念念的"胖阿姨"一面，然后一起过节。

如今，张素芬的身体已经康复了，但当被问及是否还会回法大工作时，她的脸上出现了一丝落寞："应该不会再回去了，身体素质跟不上，我闺女也心疼我。"但即使离开了法大，对于孩子们，她仍然有操不完的心，说不完的话，正如一位同学讲的那样，"胖阿姨和小可爱的故事永远不会结束"，她与孩子们的羁绊还在。

每个在竹二楼里住过的女孩都会记得张素芳阿姨胖胖的身影。她疼惜每一个离家求学的孩子，会把竹二楼的每位同学当成女儿一样，尽己所能地爱护与温暖她们。一句句"唠叨"不断，一声声嘱托不止，她在临别之际，给自己的陌生却又熟悉的孩子们留言，"要记得，北京有张阿姨呀！"同样，张素芳永远也不会忘却这段温馨的工作时光。

【CUPL正能量第174期】强军协会：法大强军人

文 | 团宣通讯社　王丹阳

引言：在法大有这样一群人，他们曾怀着对军旅生活的向往，响应国家的号召应征入伍，在军营的两年间磨砺自己、保家卫国。兵役结束后回到法大的他们铭记着这段宝贵经历中所学到的家国情怀，一直致力于向法大学子普及和传播国防知识，并为有志向参军的法大学生提供指导与帮助。他们以战友相称，战友间的默契赋予了他们极高的行动力；同甘共苦的战友情使他们亲如家人，他们有个共同的家，叫作"强军协会"。

人物简介：中国政法大学强军协会，是联合法大退役大学生士兵、全校民兵、有志于参军的法大学子、军事爱好者等，为退役的大学生士兵建立的组织。协会以"爱军精武，奉献法大"为宗旨，通过组织开展一系列军事体验活动，配合武装部开展征兵等，为有志于参军的法大学子提供一个咨询参考的窗口，为学校征兵工作和国防教育做出贡献。

战友，就是家人

2016年，社会学院2012级的李正新退伍返校后，发现曾经的同班同学已经升入大四或研一，继续学业时遇到问题很难从以前的班级里得到帮助。因此，李正新决定和几个退伍大学生联合起来，抱团取暖、互帮互助，建立一个属于战友们的"家"。于是在2016年3月11日，在学校的支持下，强军协会正式成立，一段在校园续写使命的新历程就此开启。

对于退伍大学生来说，强军协会就是他们在法大的"家"，这样的"家"所具备的绝不仅仅是其乐融融的气氛，更重要的是家人之间的帮助与关怀。起初，协会里只有十几个成员，面临着人手不足的问题，但

他们凭借着军人极高的执行力，一起完成了每一项工作。参军入伍的同学返校后，协会的战友们会包揽迎接的工作，帮忙协调和整理宿舍。2018年6月的某一天，社团成员夏阳在校外突然腹痛，他打电话告诉家人之后休克晕了过去。远在青海的家人急忙联系了协会的其他成员。得知消息后，协会成员立刻全昌平寻找这位失联的同伴，经过大家的努力，最后终于找到了他并送去了医院。所谓"家人"，就是任何一个成员的困难，都能牵动所有人的心弦，引起整个集体的重视。

2018年秋季，法大的一批军事爱好者和有参军意向的同学也加入了强军协会大家庭，成为协会里的新鲜血液，"强军人"被赋予了新的意义，强军协会已经慢慢地发展壮大，有了更完善的组织结构，但始终不变的是协会成员对这个家的天然归属感，以及他们之间浓浓的战友情。

戎装，永穿心中

2018年9月20日早上，协会里的退伍大学生一起拍军装合照，尽管已离开军营多时，但当他们再次穿上军装时，却自然而然地站出了最标准的军姿。原来那段记忆从未被遗忘，反而成就了他们无悔的青春。

在服兵役的这段时间里，他们每天都面对着超高强度训练，并且长时间无法和家人联系，不仅仅是肉体上的疼痛与疲劳，还有精神意志上的考验与磨砺。但是苦与痛带给一个人的磨砺和改变是无法想象的。刑事司法学院2014级的马壮刚入伍的时候，三公里总是跑倒数第一、单杠一直不合格，在部队里遭遇了巨大的困难，但面对挫折，他选择拼了命地去练，抓紧每一个机会让自己多加训练，两年过后，没有人记得曾经那个胖胖的、总是垫底的新兵了，因为他早已化茧成蝶，成为部队里的训练尖子，收获了满满的荣誉。

法学院 2012 级的张钊在入伍一年后，凭借着优秀的写作能力被部队分配到了部队的宣传部门，那是很多人都想去的清闲岗位，但是张钊却"千方百计"地要加入训练强度最大的特训营，"这就是我去部队的初心，所以当初坚决地去了特训营，这是我的一个心愿，我怕错过了就没有机会了"。在特训营，他每天全副武装跑五公里，还要进行蛙跳、打拳、攀登的训练；行军时不分日夜地步行将近五十公里的路，脚上磨出了水泡，就拿针挑破了再继续走。2017 年 7 月，长江洞庭湖流域发生罕见强降雨，张钊所在的部队被抽调到了灾情最为严峻的岳阳沙田垣救灾，随时都有可能溃堤的大坝上，他和战友们在抗洪抢险的一线，扛沙包、固大堤、战管涌、除险境，危险终于排除了，而经过了一整夜奋战的他和战友们就以地为床，在冰冷的水泥地上休息。就这样，坚持初心的张钊立下了三等军功，每当回忆起这段特训营的经历，他就会更加坚信，自己当初的选择没有错。

奉献，强军法大

2018 年协会创办刚满两年，但已经积累了非常丰富的工作成果。军营、军事科技馆、军事博物馆、军事遗址的参观活动让法大学子们领略和学习国防知识；刺激的实弹射击打靶体验活动深受法大军事爱好者的喜爱。2018 年 5 月 24 日，强军协会邀请到了著名国际战略学和国家安全学专家罗援将军亲临法大，讲授个人理想与国家的联系。虽然是紧张的期末复习阶段，但讲座当天，整个刘皇发学术报告厅座无虚席。这不仅仅是由于罗援将军的个人魅力，还体现了法大人对国防的关注与重视，更与强军协会的成员们全程的付出是分不开的。

在会长张任看来，强军协会"爱军精武，奉献法大"宗旨的核心在于"奉献"。"强军人"对国防教育的热情与坚持，希望法大人能明白：我们之所以能够在这样好的年代安心地学习知识、展望未来，都是因为有一群人一直在默默地守护着我们，那就是军人——他们用自己的青春，换来了整个社会与国家的安宁与繁荣。

强军协会从未停止弘扬家国情怀的脚步，强军协会希望在未来能组建一支法大的国旗护卫队，能够代表法大学子朝气蓬勃的精神风貌，在清晨第一缕阳光洒到法大校园时，升起一面映照着太阳的五星红旗。

【CUPL 正能量第 175 期】基层校友专稿

——李淑阊 & 李诗阳：因法大盛放的青春

文 | 团宣通讯社　李昕媛　徐菡蕊

引言：无数次听姥姥谈起对法大的回忆，年纪尚小的李诗阳也对法大充满了好奇与憧憬，年岁渐长，对法大憧憬也更加强烈。终于，在高考这一年，李诗阳如愿以偿成为新一代法大人。50 年前，豆蔻年华的李淑阊在法大收获了诗一般的美好青春，而 50 年后她的外孙女——李诗阳，在法大也开始了属于自己的四年时光。

人物简介：李淑闻，1966年毕业于北京政法学院，1967年分配到河南省驻马店市（现驻马店市驿城区）法院工作。1980年直选为驻马店市人民法院院长，在任期间亲自办理数起难案大案，特别关注少年犯的改造教育问题，曾总结出一套完整的少年犯教育改造工作经验，被最高人民法院转发全国基层法院学习。1983年任驻马店地区检察长，成为全国第一个市级女检察长。

李诗阳，李淑闻的外孙女，中国政法大学法学院1704班学生，大二辅修汉语言文学，热爱文学创作，文字基础扎实，文学素养浓厚。

法大，她为理想而来

巷子里，几户人家正吵得不可开交，一个小小的身影，踮起脚尖听人说理，时而清晰地分析着利弊，听者似懂非懂，争吵声却渐渐平息。这个眼神明亮、稚气未脱的小姑娘就是李淑闻。1950年的中国，那年，李淑闻10岁。

李淑阁的家境并不是很好，经常衣衫陈旧、补丁遍身，但父母却一直供她读书，让她成为村中为数不多坚持学习的孩子。而她从小也喜好学习，再加上十分聪颖，学习能力远超同龄孩子。更特别的是，她仿佛与生俱来地拥有一颗匡扶正义的心，在邻里间出现矛盾时，总能看到她"主持正义"，一副比大人还镇静的模样，使人不得不"让她三分"。

1962 年的夏天，高中担任班级团支书的李淑阁，毫不犹豫地将北京政法学院作为第一志愿。成绩优异的她，不出意料地被录取了。然而全家高兴之余，前去上学的路费、学费倒成了不小的"难题"。李淑阁的勤奋与执念感动了她的高中老师，在老师的帮助下，她带着亲人和恩人的期盼，伴着理想一起走进了改变她一生的地方。

"那时的法大，学风严谨、人人勤勉，教授们平易近人，同学们都相亲相爱。"那是没有课本的年代，李淑阁和同学们全靠上课时的认真专注学习知识。而她的笔记总是记得又快又好，经常在全班同学间传阅。教授们有着丰富的实践经验，他们注重实践的教学方式为日后李淑阁较强的业务能力打下了坚实的基础。李淑阁在大学一直担任党支部书记，宽和待人的她"收获了自己一辈子都不会忘记的友谊"。当时，班里一个北京市工人家庭的同学家庭贫困，从未穿过棉衣。家境同样不好的李淑阁仍然拿布票买了棉花棉布，自己给她做了一件棉衣。班上同学互帮互助，一起走过了难忘的青春岁月。学校也非常关心贫困学生，给他们免去了每月 15 元的伙食费。在这样温馨又充满动力的环境下，李淑阁"匡扶正义"的理想，在法大生根发芽。在法律知识的支撑下，为需要帮助的人带去希望，不再遥不可及。

天理、法治、人情相结合的学习实践体验，让她更加渴望运用自己对法律的认知，去判别人间的正义与邪恶，去弘扬法治的威严。李淑阁在法大度过了人生中最快乐的一段时光，她带着学校给予的"法治精神"和"法治信仰"，回到基层，在中国最底层的法治实践中淬炼自己，从那个维护邻里和谐的小女孩，变成了为老百姓守望正义的人民法官。初心未泯，一生践行。

法大，她们的心灵归宿

"随手从衣柜里扯出一件衣服，姥姥基本都能准确地说出它的购买时间、价格和曾经的用处……"想到满头白发却精神矍铄的姥姥，李诗阳满是喜悦与自豪。在姥姥的影响下，李诗阳的父母也都从事着法律工作，"从小就在饭桌上听着长辈们讨论社会法律问题"。姥姥的光荣事迹，也让李诗阳如数家珍。当年宽和威严的老院长，能让当街打斗的小混混停止争执；只要有人上门求助，姥姥从来不会拒绝，一边做饭一边帮别人解决困难的场景早已让李诗阳见怪不怪，有时候"调解"结

束，求助者还要吃上一碗"和气饭"。街坊邻居对姥姥的信任，让李诗阳对姥姥无比崇拜和敬重。也就是从小时候起，"匡扶正义"的姥姥成为李诗阳对于法律人的最初印象。

在北京政法学院的往事，是姥姥跟李诗阳提到最多的年轻记忆。而每每谈起往昔的师友、求学轶事，甚至至今仍是法大学子奢望的"游泳馆"，姥姥自豪和满足的眼神似乎对李诗阳诉说着"瞧！那是我的青春！"姥姥对法大的留恋，让李诗阳很早就开始了对法大的神往。初中时，和家人谈起自己想要学法，老人家便非常开心，"好像她自己又燃起了对大学的热情"，这也让李诗阳充满了动力。

在年少的学习时光中，李诗阳始终有姥姥的陪伴，她坚定地朝着自己的目标步步前进。与姥姥的朝夕相伴，让李诗阳更加深刻地理解姥姥"心中的法大与关于正义和法治理想的关联"，内心的渴求与忠诚化作刻苦的磨炼。高考后，同样成绩优异的李诗阳毫不犹豫地填报了法大，"那天姥姥笑得见牙不见眼"，那一刻，李淑阎仿佛看到了当年那个执着坚强的自己。当然，李诗阳也看到了姥姥将自己对于法律的热爱与坚守寄托在了自己身上，她们有着血浓于水的亲情，更拥有着对正义渴求的一脉相承。

法大青春，恰同学少年

来到法大，有些简陋的生活环境使李诗阳心里感到落差，在和姥姥聊天的过程中，姥姥开玩笑说，"现在的小姑娘都太娇气了"。但话虽这么说，姥姥还是耐心地听着外孙女讲述在学校的趣事。即使时代不同，青春仍然是相似的，信念与初心也是如出一辙。李诗阳渐渐体会到姥姥所说的"法大人对法治理想的渴求是一种归属感"，这可能便是法

大学子对于法大的传承。"无论情况如何，摆在第一位的永远是做人，永远也不能忘掉最开始的理想。"现在回想起姥姥对自己的嘱咐，李诗阳感慨万千，生活中的艰难困苦不应磨掉人的志气，应该把它看作实现人生理想的最好一课。

　　法大不大，足够包容。除了法律，还有人文，这也是李诗阳与姥姥当年"法大生活"的不同之处。李诗阳从小也对文学有着浓厚的兴趣，来到大学的她，有了通过笔尖传递生活之美的机会和可能。只是"天生法律敏感"的她，也发现网上关于文学版权问题的热烈讨论。于是，李诗阳不但开始辅修汉语言文学，也开始了在知识产权法领域的研究。当然，祖孙同心，李诗阳的选择无疑得到了姥姥的支持和认可。"无论如何，他们都会支持我的决定！"李诗阳自信地说，俨然和李淑闿当年一样自信执着。李淑闿心中装着一个关于法治的理想，而李诗阳还用正义之心承载了一个关于文学的梦想。两代人不变的是对初心的坚守，更是两代法大人传承下来的信念。

除人间之邪恶，守政法之圣洁……在一代代法大人的血脉中升温、传承并盛放光芒。正如李淑闿和李诗阳，在亲情血缘的牵绊下，法大也成为她们之间共同的心灵家园，不忘初心、坚守理想，一代人有一代人的坚守，不变的是关于正义、法治的初心。

【CUPL 正能量第 176 期】胡梓聿：生活跑者自由派

文｜团宣通讯社　焦时悦　杜旖昀　赵嘉玮

引言：春夏秋冬，胡梓聿奔跑在校园、公园里，何处都能成为她的跑道。她沉醉于这种释放和舒展身心的方式，集中注意力体会每一次抓地与腾空，体会每个呼吸的长短粗细，享受无比舒坦的愉悦。"跑步是一种天性"，她在向着全程马拉松挑战的路途上，在自如地奔跑中，探寻长跑对于自己的真正意义。

人物简介：胡梓聿，就读于中国政法大学国际法学院 2017 级涉外实验班。至今参加过"厉害了，我的国"校园迷你马拉松、"我的青春法大"66 周年校庆长跑、天津武清国际马拉松（迷你组）、RUN TO THE BEAT 北京半程马拉松（10K 组）、内蒙古巴彦淖尔国际马拉松（半程组）以及近十场线上马拉松赛事。坚信跑步是有情怀的事，"心有大好河山，寻找世界之美"。看山河美景，感风土人情，她在各地跑步的途中收获了无数加油声、欢呼声，也逐渐将赛程中的每一步都跑得更加坚定而有力量。

尝鲜，一发不可收拾

胡梓聿的马拉松故事，开始于五六年前。那时还是初中生的她和父

亲一起去往天津，参加一场 5 公里的迷你马拉松。在此之前，胡梓聿一直觉得马拉松是个可望而不可即的极限挑战。全马 42.195 公里，是属于训练有素的跑者的狂欢盛宴。而举办在天津武清的迷你马拉松比赛，是为非专业跑者提供的"尝鲜"赛事。短短几十分钟的迷你赛，在身边参赛者的带动下、父亲的鼓励下，胡梓聿冲过了终点。虽然当时零经验的她没有获得属于自己的一块奖牌，但听着风声在耳边欢呼的声音，感受着大口呼吸的畅快，她充分享受到了奔跑的快乐，一个热爱长跑的灵魂犹如蒲公英的种子轻轻在心中埋藏。

进入大学之后，健身软件上的马拉松宣传活动让胡梓聿重拾初次跑马时的记忆，抱着不过一试的心态，从此却一发不可收拾。机缘巧合之下，她还加入了院里的中长跑队。在队里她并不是跑得最快的，但高强度的训练令她在熹微或星辰的沐浴下，逐渐找到了灵魂的归宿。专注于听着自己的脚步声和呼吸声，对于她来说，没有任何累赘的奔跑是一种全心贯注的快乐，足以带给她满足感和成就感。

把长跑当作生活

平日里，在一天的课后跑起来，呼吸流动的空气，是胡梓聿每天放松的好方法。一天下了课以后，她跑到操场，感觉心里憋着一股劲儿，化愤懑为动力的感觉让她迈开双腿。她在夜寒人稀的操场上奔跑着，直到操场关闭，她必须离开，但她还不想停下，于是在校园里继续奔跑。最后她停下脚步时，看到手机上的数据，配速竟然是个人最好成绩，惊喜地发现前期训练有了回报，而那股愤懑似乎也不再缠绕在心中了。

由于年龄的限制，现在的胡梓聿只能参加半程马拉松，但她一直憧憬着有一天站在全程马拉松赛道上。42.195 公里，是胡梓聿朝圣的方

向，也是她在长跑经历中真正意义上的第一块里程碑。"坚持长跑"的法宝，就是养成自律的习惯。夏天，胡梓聿早上六点起床跑步，或是在晚上八九点天气凉爽之时；冬天则在下午五六点钟。从天光悠长到寒星初上，胡梓聿在跑道上书写了一圈又一圈的奔跑日志。周一至周五她隔天跑八到十公里，周末则要十公里以上的长距离拉练。作为一个奔跑者，她明白奔向全马途中最大的障碍就是自己的懈怠。在追梦之路上，她不断地给自己"打卡"，用一个个"小目标"激励、约束着自己。

奔跑，是人的天性

和每一个长跑爱好者一样，长跑俨然已成为胡梓聿生活中最重要的一部分，她在不止歇的步伐中找寻跑步对于自己的真正意义，也借助书籍深化自己对跑步的认知。《当我谈跑步时我谈些什么》——村上春树记录自己坚持20多年的跑步体悟和跑者境界的散文集，让胡梓聿仿佛读出了自己。

　　正如村上春树把写作和长跑互为比较，二者都需要专注和忍耐，都需要心无杂念。胡梓聿在日常生活中，也不自觉地把一件事情与马拉松做类比。在看一本"大部头"的专业书籍时，她会觉得这就像是一场马拉松，把它分成一个个小目标，一点一点地完成。若是一个需要很长时间、很多精力的任务，胡梓聿把马拉松以每公里进行体能分配的方法来安排这个任务。长跑影响着她的思维，让她用跑马拉松时循序渐进、目标分解的方法来解决生活中的难题，让她以稳健有序的心态把生活归置得井井有条。

　　专注与坚韧、心无杂念，胡梓聿在"跑马"中寻找自我和塑造生活。从当初零经验的"菜鸟"蜕变为现在的准马拉松小达人，跑步的真谛被她一次次追问，前进的风向标被她一次次重新竖起。"喜欢跑步是一种天性"，她说得纯粹又自如。胡梓聿的跑步哲学还在续写，而胡梓聿渴望下一场奔跑的身体已经又一次地站在了跑道上。

【CUPL 正能量第 177 期】胡心远：法大梦想播种者

文 | 团宣通讯社　张澳璇　陈奕祺　邱景涛

引言： "从法渊阁到拓荒牛，大师云集的博闻论坛，高大上的'法辩''法马'，热闹喜庆的'法大春晚'"，"世界上分为四个学院的法学学校只有两个，中国政法大学和霍格沃茨魔法学校"……这里是中国政法大学"播种计划"重点生源中学寒假走访宣传活动的现场，"自信、正气、活力"是胡心远带给高中母校师生的"法大初印象"。

人物简介：胡心远，中国政法大学国际法学院 2018 级涉外班本科生，毕业于浙江省镇海中学。2019 年"播种计划"重点生源中学寒假走访宣传活动共有 590 名同学报名组成了 225 个宣传小组，于寒假期间分别赴全国 245 所中学进行走访宣传。胡心远报名参加的是浙江省镇海中学寒假宣讲团，经过学校招生办公室的专门培训后，回到家乡，通过宣讲会的形式向母校的学弟学妹们介绍法大校史校情、本科人才培养和招生政策等情况。于胡心远而言，他是 2018 年"播种计划"的受益者，而今他是面向未来法大人的播种者。

点亮你我法大梦

学校开展"播种计划"的初衷便是想借助师兄师姐近距离的宣讲，为考生提供一个多元化了解法大的平台。事实证明，这样一个面对面的机会的确对高中学子产生了巨大的影响和感召。谈到为什么选择法大，胡心远提到最多的就是自己高三时参加的宣讲活动。

抱着了解一下的想法，胡心远走进了宣讲的报告厅。台上的师兄师姐拿出了法大的照片，原来中国政法大学不止有严肃的石狮子，还有遒劲有力的拓荒牛，掩映在绿荫中的图书馆和温暖明亮的砖红色教学楼。而最让他惊喜的莫过于师兄师姐口中那些优秀的大师级人物和课程。开创法大的钱端升校长、著作等身的张晋藩教授、只向真理低头的江平先生……师兄师姐口中一座难求的民法课程，风趣幽默的刑法老师，都让他产生了无尽的向往。

一年之后站在法大的校园里再回首，他坦言，初识法大的宣讲会正是他大学之梦真正开始的地方。当他了解到习近平总书记考察法大时，他就下定决心，报考中国政法大学。

责任源于法大情

一个偶然的机会，胡心远看到了学校招生办公室关于"播种计划"

的通知公告。这不正是自己当年和法大结缘的那个宣讲会吗？怀着期待又激动的心情，他毫不犹豫地报名参加了这次的"播种计划"。

于胡心远而言，"播种计划"宣讲会是自己了解法大的一扇窗。而今再次参加"播种计划"，宣讲不只是一次义务，更是一份责任。作为师兄，他希望用自己的精心准备和亲身体验，为未来的法大人带去一个最好的法大印象。确定参加宣讲活动之后，胡心远就养成了每日翻看"播种计划"微信群的习惯。每天都会有招生办的负责老师在微信群中对同学们提出的问题进行解答。一天天坚持下来，胡心远从这些小问答中对学校的招生情况有了更多的了解。通过微信群中的互动提问，他也收获了不少宣讲的好点子。

在具体准备过程中，胡心远和团队的6位成员对学校原有的 ppt 做出了针对性修改。凝练了许多"百度可知"的寻常内容，专门增加了同学们感兴趣的特色社团、周边娱乐和美食、法大表情包等"生活彩蛋"。为了不超出半小时的规定时间，整个团队又一起反复排练了两周的时间。团队成员在一次次排练中，精确地控制宣讲时间，打磨宣讲的效果。大到宣讲内容，小到语速、仪态的表达都进行了反复的调整。

虽然是"义务劳动"，胡心远坦言准备宣讲的确繁琐费神，但也总有温暖和收获。每次讨论后，他就会联想起宣讲会上的自己。想到那些充满渴求和好奇的眼神，他就会觉得一切都值得。

有情怀的法大人

站在同一个报告厅里开展宣讲活动，不变的是报告厅，变的是台下的学子和台上的宣讲人。这次活动不仅给了毕业生重回高中母校的喜悦，更带来了几分传承的情怀。

师弟师妹们和当年的自己一样，眼里充满了对未来、对大学的渴求。为了缓解同学们之间生疏的气氛，他们特意加入了"法大特色"表情包。"有法必医"的词语解释、半人高的法考复习资料、法学生脱发的段子、爱好辩论的魔法师……这些贴近法大生活学习的表达，最大化地反映了法大学子的生活状态。被问到"法大真的很小吗"这个意料之中的问题时，台上宣讲的他们都不约而同地笑了起来。胡心远在报考前知道法大之小的时候也有过这样的疑问，也许每一个报考法大的人最初都思考过这个问题。但现在，他已经有了完美的答案："大学之大，不在大楼，而在大师。"他把这句话告诉台下的师弟师妹，把法大严谨的学风、受人敬仰的大师、致公理想这些更重要的东西，告诉这些心怀"法大梦"的年轻人。

随着春节的到来，寒假"播种计划"的宣讲活动也接近尾声。这些奔波在法大和高中母校之间的宣讲人，大都有着和胡心远一样的想法。他们希望把自己初识法大的欣喜和热忱一起传递下去，在下一年迎接新一届的法大人。

【CUPL 正能量第 178 期】王映霞：志愿者的微光

文 | 团宣通讯社　焦时悦　李昕媛　岳梦雪　王文婷

引言："清早，山里的孩子们很早就会来学校，和志愿者们一起生火、打扫，一边烤火，一边聊天，聊着学习、聊着未来。"这种"亦师亦友"的相处模式拉近了来自北京的"小老师"与孩子们的距离，也让王映霞和她的伙伴们慢慢体会到"远程支教"的意义。

人物简介：王映霞，中国政法大学国际法学院 1602 班学生，2016~2017 学年度校志愿服务奖学金获得者。在大学期间，她参加过自闭症儿童阳光助残活动、明欣小学常规支教、城北中心小学"普法，我们

在行动"活动、国际法学院校友会志愿者、北京市西城区人民法院诉服办法律援助志愿者、"圆梦中国人"学习宣传贯彻党的十九大精神学生宣讲团以及少数民族自治区远程支教等多类志愿活动。她在实践过程中,不仅践行了无私奉献的志愿精神,也收获了与众不同的大学生活回忆。

从零开始的支教故事

2016年高考结束的假期,王映霞通过互联网查资料、与师兄师姐们聊天等方式,已经对大学生活的万般姿态有了初步了解。使她下定决心要成为一个热心的公益人,是缘于一位师兄拍的一组照片——关于一个偏远小山村的远程支教活动。"手机镜头记录了短暂但有意义的乡野时光。"王映霞回忆着那组开启她公益生涯的照片,"仅是不到两周的时间,支教队给当地的孩子带去了太多欢乐,也带去了新希望"。

这些照片在王映霞心中悄然埋下了奉献与公益的种子,待到9月正式踏入法大校园,王映霞在热心的师兄师姐带领下,毫不犹豫地投身到校园公益活动中。虽然陆续参加了种类繁多的公益项目,但王映霞对第

一次阳光助残志愿服务活动仍然格外难忘。

作为新手，王映霞要尝试和一个叫"小超"（化名，下同）的自闭症儿童建立辅导关系。在最开始的沟通和交流中，小超时而自言自语，时而趴在一个地方看东西，孩子封闭的世界让她无法走进。小超的母亲却给予了她这个"生手"最大的信任与帮助，小超的老师也教授她许多与自闭症儿童沟通交流的办法。"后来，我会仔细观察他的一举一动，努力用从老师那里学习到的办法，将心比心地去理解和关怀小超。"这次志愿活动的初体验让她更加体会到，仅仅拥有热情是不够的，"小超"们并不需要莽撞无序的善意，只有志愿者们在服务中以适当的方法和技巧进行换位思考，才能让志愿活动本身更有意义。

给你来自远方的力量

喜欢上做志愿服务工作，王映霞觉得仿佛有一种"神奇的魔力"在吸引着她。在课余的常规志愿服务之外，她也想做一些新的尝试。大一第一学期快结束的时候，她去面试了四川阿坝的远程支教活动。第一

轮面试是一个简单筛选的过程,王映霞很顺利地通过了;而在第二轮模拟授课的环节,由面试者扮演的"小学生"在模拟课堂上打闹、吃零食,不肯好好"听课",这令她很是头疼。

"当时我虽然已经有了一些常规支教的经历,但还是觉得经验不足,面对这种情况有点措手不及。"于是,她花了很多讲课的时间来跟"学生们"交流,维持课堂纪律。"面试师兄的点评让我意识到上课的主要目的是讲授知识,不应该投入过多的时间跟学生交流,因为他们很多时候只是想引起老师的注意。"这次的面试过程让王映霞觉得收获很多,也让她积累了更多的支教经验。

谈起远程支教的经历,王映霞感触很深。山区的孩子们早上很早就来学校生火、打扫卫生,王映霞和其他志愿者们就跟他们一起烤火、聊天,为他们解答一些课后问题,了解他们的内心想法,有时候孩子们还会邀请志愿者去他们家里玩。这种"亦师亦友"的相处模式拉近了他们与孩子们的距离,也使支教过程变得更加顺利。

支教结束后,王映霞经常与孩子们通过QQ或者电话联系,给他们解答问题,有时候一聊就是几个小时,她不会觉得不耐烦,因为她相信,即便身在远方,也能给他们传递无形的力量。

做一盏微小却明亮的灯

在王映霞看来,志愿活动是"真正能够帮助到受助者,而不是简简单单走个过场"。在基本体验过大部分的志愿服务种类后,她没有停下公益的脚步。在云南文山县,她开始了第二次远程支教⋯⋯

在大学,生活是丰富多元的。对于每种选择,不同的人也有不同的看法。当然,王映霞听到过许多质疑的声音:许多同学参加远程支教,

是为了顺便旅游，抑或是为了凑志愿学分，而真正带给闭塞乡村孩子们的知识和阅历十分有限，发挥不了实际的作用。

"每一个人的力量确实有限，但是如果大家都能够行动起来，并且能够长久地坚持、接受建议。我相信这些是可以真正帮助那些需要帮助的人，而不是流于形式。"王映霞认为，大学生参加的支教活动瑕不掩瑜，人们应该理性地看待在校大学生在志愿服务中阳光、乐观、向善的角色。"在我眼中，志愿者像一盏盏微小但是足够明亮的灯，点亮后，不仅有转瞬即逝的光，还留下真诚的暖。"

多次志愿服务的经历，让王映霞深刻地意识到，帮助别人更要提升自身的

素质和能力。"参加志愿服务活动越多,就越感到自己力量的不足。只有自己变得更优秀了,才有能力去帮助更多的人。"对于王映霞而言,公益志愿服务是一种生活态度,在帮助他人的过程中也能够实现自己的价值。

【CUPL 正能量第 179 期】345 诗社：不老的远方

文 | 团宣通讯社　王丹阳

引言：2018 年 10 月 6 日是 345 诗社成立 30 周年的日子，来自全国各地的社友们纷纷回到法大校园，新老社员相聚昌平校区阶五教室，共同回顾那段属于自己的诗社时光。岁岁年年，一届又一届的成员毕业离开，去到不同的地方、不同的岗位，过着不同的人生，但他们都依然爱着诗歌，依然记得激扬文字的学生时代和那群与自己有着相同爱好与情怀的人。

人物简介：中国政法大学 345 诗社创办于 1988 年，迄今已成立 30

周年，是历史最悠久的学生兴趣社团。诗社成员多才多艺，创作风格各有千秋。诗社日常的活动是诗歌创作与鉴赏，同时也兼顾诗词歌赋的吟诵传唱，曲水流觞，以诗会友。出版社刊有《感觉十年》（1998 年）、《那时我们无歌可唱》（2008 年）、《感觉三十年》（2018 年）。

符号"345"

1988 年秋天，在柠檬（1987 级法四班唐波）的组织下，6 名法大的诗歌爱好者怀一腔热血，决定"干一番大事"——创建一个诗社。6 个人围坐在一张大圆桌，讨论该如何为诗社命名。他们列出了一个个名字，但都被否掉了。这时，黑川（1987 级法五班王川）提出了"345"这个名字。

这是当时连接着法大与遥远的市中心唯一的公交线路，寓意突破法大在空间上的限制，让诗社成为法大诗情驶向外界的航道。这个名字获得了所有人的认同，他们一遍遍地书写着这个"新生儿"的名字，心里悄悄构想着未来。那时的他们不曾想到，345 诗社也将成为外界感知法大文化气息的窗口。每年招新季，来自全国其他各大高校的诗歌爱好者纷纷联系诗社，希望加入 345 诗社。每说起 345，人们第一时间想到的不是公交车，而是中国政法大学的 345 诗社，甚至是中国政法

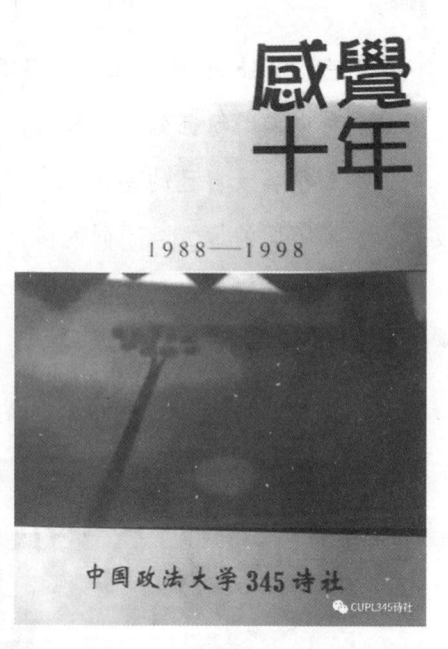

大学。

《感觉十年》出版的时候，诗社各方面条件都很匮乏。6 名创始人自掏腰包筹集资金，亲自完成诗集的排版、编辑和装订工作。熬过许多不停赶工的日夜，几十本简陋的小书终于整整齐齐地摆在了桌上。人工裁出的纸张参差不齐，诗集的边缘毛毛糙糙。但拿着由自己一手创造的诗集，他们兴奋地互赠签名书以作纪念，忘却了几天来的劳累。那是个伟大的时代，诗歌热潮席卷全国，男女青年将无数的激情与热血奉献给诗歌，而 345 诗社就诞生在这样的时代，并从此展开了它漫长的历史漂流。

歌者的语言

和普通社团的吃饭和刷夜相比，345 诗社的团建显得有些另类：诗社成员们每年都要相约一起出游，从美景中汲取写诗的灵感；节气更迭，会有人在群里出"社题"，号召诗友们就这一主题作诗。杜鑫宇这样形容自己在 345 诗社的体验："在诗社里就感觉大家是一个小世界中的一群人，我们有共同的爱好，有共同的语言，我们说话时不像其他人说话时那样客套，大家很开心，写写诗很浪漫"。

345 诗社里的人有着各不相

同的个性：有人古灵精怪，有人直爽豪迈，有人仿佛天生有一种忧郁；也有着各不相同的写诗风格：或多才多艺，作画摄影后题诗一首；或豪放不羁，在饮酒之后挥洒诗意；或严肃沉稳，哲理与诗情齐飞；或喜欢命题诗；或偏爱即兴创作。除"爱诗歌"这一共同点外，似乎找不到一个形容词来概括他们。就是这样不同的性格与风格，却在这个诗社里融合、交汇、相互促进。345 诗社是他们的一处桃花源，在这里，他们找到了归属与寄托。

"当我冥思真正的诗歌/当冥思 抵达我们对视的深处/那深处 沿着嫩草的根须/有醒来的话语 来到叶子末梢/而太阳将在那儿显露"，平日里，若是有人作了一首诗，便会发到诗社"禁水群"里，让诗友们共同评析。阿毛写的这一首《当我冥思真正的诗歌》，用绮丽的想象描绘自己思考真正诗歌时的内心世界，文采与诗情并茂，引得诗友纷纷赞赏。好的诗句遇到了好的诗人，以诗会友之时，他们也在用灵魂交流。

诗的"无用之用"

法学院 2016 级的温新格一直热衷于古诗词创作。古诗词的写作难度远高于现代诗，要求作者具备大量的格律知识。出于对古诗词的热爱，他辅修了汉语言文学，结识了人文学院的韩达老师和赵文彤老师，在两位良师的教导下学习律诗与词的写法。写古诗的时候，他可以通过用典等手法将无法言明的情绪表达出来；读古诗的时候，他能从诗人的人生经历和时代大背景中感受深刻哲理。诗歌对他来说既是"良师"，也是"益友"。

30 年足够改变很多事，但 30 年并没有消磨掉诗人的情怀。就像从 345 诗社走出去的一代代诗友们，他们告别意气风发的青年时代，和大

多数人一样干着普通而理智的工作，可在他们心中不为人知的地方，依然保留着当年的激情与热爱。"无用之用，只能说是无用之用"，吴仁辉谈到诗歌对人的影响时说："一个不曾接触过诗歌的人能生活得很好，但诗歌为我们创造了一个新的世界，在这个世界里，我们是主宰者。"

不管时代如何更迭，始终有一群人坚守着诗歌这一安静的角落，在他们眼里，诗歌绝不仅仅是一种爱好，更是一种生活方式，甚至是灵魂的一部分。历经 30 年沧桑的 345 诗社一如既往地保持着对诗歌的热血和激情。我们相信，再过 30 年，军都山下还会有一处名为 345 的天地，还会有来自大江南北的法大诗人齐聚一堂，望着诗歌的星空，去往心的远方。

【CUPL 正能量第 180 期】张暄：做自己

——演好生活的角色

文 | 团宣通讯社　蒋恩第　唐浩洲　梁雪炜

引言：晚高峰的地铁上，实习结束的张暄不自觉地打量着形形色色的人群，揣摩着他们的内心情感，然后默默记下他们的动作、神态细节，思考着晚上自己如何对着镜子的模仿练习，结果又不小心坐过了站……这是张暄的日常，也是他的生活。

人物简介：张暄，中国政法大学法学院 2016 级研究生。本科阶段曾参演《灵魂拒葬》《苍蝇》《麦克白》以及《十二公民》等多部话剧。步入研究生阶段的张暄不再满足于当一个演员，他开始尝试转型做一名导演，由他执导的《喜剧的忧伤》在校园内取得热烈反响，他也成为话剧《奥赛罗》特邀的导演助理。

舞台上的自己是快乐的

与大多同龄人一样，张暄第一次真实地接触表演是在中学的晚会上。"那个时候便觉得演戏这东西特别有意思"，但迫于学习压力，当演员的梦想只好被他深深地埋藏心底。

步入大学，张暄没有太多犹豫便决定加入莽原话剧团，真正地去学习表演，追求自己的梦想。在社团的每次例会上，师兄师姐们都会带着张暄这些大一的"小鲜肉"们做游戏，排小作品，做无实物训练。可能在他人看来，这些充其量只是业余表演爱好者们的游戏。但张暄不这样认为，他在这个过程中感受着自己身体的变化，他真真切切地发现一些原本被忽视的身体特征。"你原来可能没有意识到，自己的身体能延展到什么程度。"这是他真正走进表演世界的第一步。

但这也仅仅是第一步。张暄对表演世界仍然充满着迷茫。当真正需要扮演角色时，他可以做到听从他人的指导去表演，却没有办法自己独立思考怎样去表演出人物的特质。他开始质疑自己到底能不能成为一名演员。

但每当张暄站在台上，即使只是一个小小的配角，却依旧沉溺其中享受着乐趣。他渐渐明白，表演就是自己想要的东西。因为开心，所以坚持，然后慢慢懂得演戏。而正是因为慢慢懂得，所以更加喜欢。

用真情丰满角色

出演第一部话剧《灵魂拒葬》时，张暄被观众突如其来的爆笑弄得紧张不安。他不明白，为什么"观众的笑点总是出乎意料，和表演的节奏那么格格不入"。为解决困惑，张暄选择去"大师们"的话剧里寻找答案。他基本跑遍了北京大大小小的剧场，对于网上珍贵的影像资料更是一遍又一遍地倒带重播……张暄慢慢领悟到，《灵魂拒葬》演出时的尴尬，是自己表演节奏处理得不够妥帖。

话剧看多了，张暄也就自然而然地开始模仿起话剧里的人物，可无论模仿的神态、动作多么相似，却总觉得还是差了点什么。张暄明白，那是因为自己缺乏感情内核支撑角色，"技巧可以借鉴，但感情

是借鉴不来的，感情也是整个话剧里唯一真实的东西"。

在 2015 年筹备毕业大戏时，张暄虽然对舞台上的走位早已熟记于心，但仍一遍又一遍地排练。他相信在排练过程中去梳理表演的节奏，建构人物心理支撑，才能够还原出戏剧本身的样子。

重复的排练中，张暄终于将自己的真情完全交付给了角色，让自己与角色情感达到共鸣，自然而然地流泪，而那平淡的台词叙述里更是无尽的悲怆。那一刻，张暄忘了台词节奏、舞台走位，唯一遵从的是自己与角色同一的情绪体悟。"这也许不是最好的一次，却一定是我演得最真，也是我最爱的一次。"

转型，从演员到导演

步入大二，张暄也积累了一定的表演经验，也成为教授经验的师兄。一年的执导与训练，让张暄对戏剧有了更为锐利的审视——表演并不是戏剧的全部。

步入研究生阶段的张暄，不再满足于当一个演员，而开始尝试做一名导演。尽管在本科阶段，学习表演的时候张暄就知道，"导演和演员的角度是不一样的"，但当自己真正成为导演之后，张暄才切身体会到当一个导演多么困难。"导演不仅需要引导演员去表演，还需要协调各个部门：灯光、服饰、道具……"

得益于多年来的法学学习，张暄在执导时可以将自己从戏剧中抽离出来，用一种理性客观的视角去看待戏剧，近乎严苛地去追求剧本、人物之间的逻辑自洽。而在张暄看来，法学赋予自己的远远不止于此。"一名导演的高度决定了一个话剧的深度"，戏剧的荒诞外衣下，是张暄多年来熏陶出的普世关怀。

张暄的导演之路并不是一帆风顺。在执导完自己的第一部剧《喜剧的忧伤》后，张暄开始辅助话剧老师执导《奥赛罗》。张暄严格要求话剧里的每一个细节，并事事亲力亲为，为《奥赛罗》付出了无数心血。但演员台词不过关，灯光配合不默契，道具准备粗糙……《奥赛罗》根本无法达到演出标准。"话剧人的工作是创造艺术，不是完成任务。完成任务式地演出一台没有达到标准的话剧，是对话剧的不尊重。"他选择遵从自己的本心，顶着各方压力放弃了《奥赛罗》。

　　即将毕业的张暄并没有立刻将爱好"转正"——成为一名专职演员。相反，他选择寻找一份契合法律专业的相关工作，但同时坚持自己的表演爱好，在践行法治理想的同时，不断积淀生活阅历。张暄是一名演员，他在艺术的舞台上呈现"自我"；张暄更是一名法大人，他正在生活的舞台上，用质朴的方式为公平和正义竭尽全力贡献着自己的微小力量。

【CUPL 正能量第 181 期】王锡元：好书如"盐"

文丨团宣通讯社　施炜钰　邱景涛　冯思琦　唐浩洲

引言：冬去春来，时间在王锡元与书的相伴中又过去了一年。每翻开一本书，王锡元都满怀虔诚；每合上一本书，王锡元都会细细回味。而每隔两三天，王锡元便会在朋友圈分享读书心得。"读书之乐何处寻，数点梅花天地心"，花落花开，王锡元对读书的热爱还在继续，而这些书终将融入他，成为他的一部分。

人物简介： 王锡元，中国政法大学刑事司法学院 2017 级本科生，图书馆学生工作协会部长。2017 年，王锡元读了 21 本书。2018 年，王锡元读书 83 本，平均每月 6.9 本，观影 123 部，发表了 183 条书影音评论，获得豆瓣关键词"爱书如盐"——"书于我如盐，日必啖之"。

书是生活的必需品

王锡元曾是网文重度爱好者，"起点小说""17k 小说"等都遍布他的足迹。那时的他以为，读书，只是为了读时的那一份愉悦，有丰富的剧情与优美的文笔，便是一本值得读的好书。直到有一天，他无意间在微博上结交了一个法大的师兄——一位狂热的读书爱好者，他年读书量在 200 本以上，并对每本书做细致的书评。看到师兄的年度书单和推荐阅读，王锡元对读书产生了不一样的渴望。

持续关注师兄的微博，王锡元看到了师兄对大学经历的回忆——"法大最大的问题就是不教文史哲的常识，培养出来都是法律的工匠"。这句话一棍敲醒了王锡元，他知道，如果失去了对其他学科的基本了解，单靠法律这条腿是走不远的。

于是，王锡元开始下意识地关注文史哲法等众多方面的书，开始认真对待老师的推荐书目。不管是不同版本的民法课本，还是钱穆先生的《国史大纲》；不管是东野圭吾的小说，还是费孝通的《乡土中国》，他都来者不拒。王锡元认为，不同领域的经典之作能带给自己不一样的收获，法学类的书有助于更好地理解法学体系，而"读史使人明智"，历史更是王锡元的偏爱；小说让他得以放松，而社会类的书则使他更加关注和思考社会问题。

反复咀嚼大家之作，总会让他获益颇多。经过大量著作的熏陶，读书对于王锡元而言，早已不是被动的目的，而是一种主动的享受。

评书而求索

阅读与记录，思索与分享，已经成为王锡元生活中不可缺少的元素。在过去的一年里，王锡元在豆瓣上发表影音评论183条，并在朋友圈开辟"读书"专栏，与好友分享自己的阅读心得。

看了什么书，书里写了什么，有什么意义……这些记录在王锡元看来都是必要的。"因为你读完一本书，很难在你的脑海里对这一本书的知识框架做一个梳理"，所以王锡元选择用书评的方式梳理书本的脉络，洞察作者表达的思想，督促自己对问题进行思考。王锡元常常将所思所想浓缩成文，在朋友圈或是豆瓣平台上分享。

王锡元也会看别人的书评，尤其是学者们富有深度的书评，这不仅能够加深自己的思考，而且能够从不同角度充实对书的理解。但王锡元很少在读一本书之前看相关的书评，防止局限在别人的框架里。他认为最初对书本的思考应该是独立的，自我思考是必要的。

但独立思考并不意味着王锡元"固步自封"。"我很喜欢同其他人交流"，而分享与交流带给他更宽阔的视野。在图学会中，他会组织交流会，和部员们或其他爱好者交流读书心得。在不同思想的交汇之中，王锡元不断地丰富自己的学识，提升自我修养。

每一本书都是指向标

在王锡元眼中，每一本书都能成为指向标，细心赏读，都会得到意外的收获。林来梵教授的《宪法学讲义》是王锡元向正在学习宪法的师弟师妹们推荐的著作，他坦言，在学习时，为解决宪法的抽象晦涩，他会选择精读经典来巩固自己的专业知识。这本《宪法学讲义》已经出到第三版，王锡元也跟着买到第三版，像他自己反复强调的一样，每一次咀嚼大家之作都会让他受益颇多。

博览群书，让王锡元的眼光变得更为审视与敏锐，看待问题也愈发冷静与客观。"要通过历史来反观我们自己，不能站在道德制高点上随意评价人与事，因为它们的本质远没有看到的那么简单。"当身边出现争议话题时，王锡元不会轻易地相信舆论导向，而是会挑选几本与话题内容有关的著作，平静而诚恳地阅读、思考，全面地学习、了解之后，才会对事件作出自己的评价。读书，让他看得更加清楚。

当谈起阅读量时，王锡元总是很自谦。80余本的阅读量，在他看来并不是那么有分量，他更想把读书的数量降下去，把读书的质量升上来。

就像三毛说的——

"读过的书，哪怕不记得了，却依然存在着，在谈吐中，在气质里，在胸襟的无涯，在精神的深远"。

正如王锡元自己所说——

"读过的东西会沉淀在你的气质里，思想里，虽然你不知道能否用到它，但它带来的改变，却是潜移默化的"。

悉知书的重量，方能踏实前行。

【CUPL 正能量第 182 期】蔡千一：诗中自由鸟

文 | 团宣通讯社　焦时悦　孙维昱　邱景涛

引言： 清晨的阳光透过窗棂，洒在蔡千一的桌上，在她跃动的笔尖下，是一首如阳光般温暖的诗。平凡生活中的感动与诗意，在胸腔中震动许久无法发酵的炙热，都化成热烈而真诚的诗作，这便是蔡千一眼中关于诗的远方。她如同一只自由的白鸟，翱翔在诗的天空。

人物简介： 蔡千一，中国政法大学政治与公共管理学院 2018 级本科生，爱好写诗，笔名白鸟。她善于发现生活中的温暖与美好，并用诗歌的形式表达出来，现已将部分作品编成两本电子诗集，一部分诗作在朋友圈发表，诗已经深深地融入她的生活。

我笔写我心

与大多数诗人一样，蔡千一第一次写诗是源自生活中不经意的细节。炎热夏天里嗡嗡作响的蚊子，忽然间激发了她创作的灵感，于是这恼人的小虫，在她笔下变得深刻起来。自此，蔡千一爱上了这种直接而又不受拘束的情感表达方式。诗成为她生活中最亮丽的部分。

在高中学业最繁重的时候，蔡千一的身边没有电子设备，也没什么娱乐活动，只是随身带着一个小本子，上面写了一页又一页密密麻麻的诗。学习之余，她会拿出纸和笔，聆听笔尖游走在纸面上的声音，将紧张生活中的感动倾诉在一首首自由的诗中。在快节奏的信息化时代，她仍然坚持用纸和笔来写作，她喜欢笔尖在纸页上滑动的真实，她说："那是不会去颤抖，不会被颠覆的感觉。"

蔡千一为自己取了"白鸟"这样一个笔名，看似朴素的名字象征着她心中的方圆净土。她说："白，代表一种趋近于幼稚的天真、真诚、热烈而又单纯的状态。"她认为这样的质朴与本真，才是一个人所应当达到的。她用"白"诉说着自己对纯粹的追求，又用"鸟"寓意着对自由的向往，一只洁白而又自由的飞鸟，就如同她人生的纯粹与诗歌的洒脱。她也常常在诗中以鸟喻人，用自由翱翔的飞鸟，寄托高远的精神追求。

把点滴化作诗

进入大学后，蔡千一发现生活中有更多诗意。在去往海南的远程支教中，南国暖冬的绿松仿佛有灵魂，孩子们的笑脸被一一珍藏，临别前的回首拥抱也值得铭记，那段或许有泪但是终生难忘的时光都化作蔡千一笔下的真挚与感动，没人注意到的小细节都成为蔡千一生活中令人热泪盈眶的诗意。

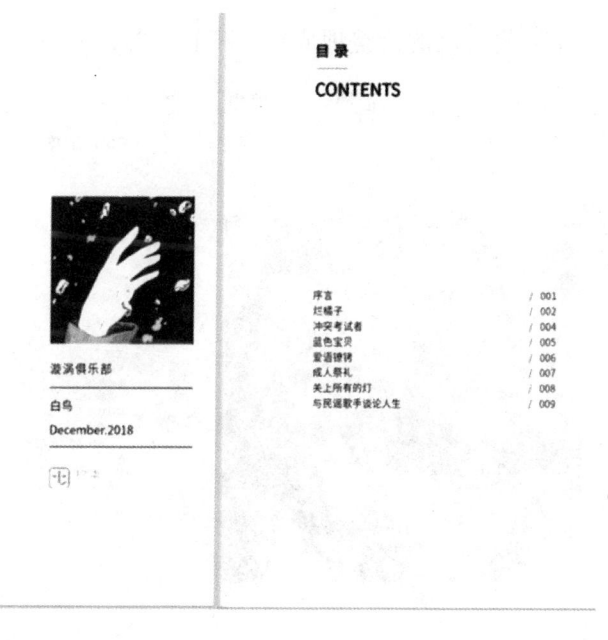

不仅如此，蔡千一还能在大学复杂深奥、学术性极强的专业课中发掘出诗的灵感。纷繁复杂的国际政治，被她用诗的方式加以理解与诠释。建构主义、现实主义、自由主义，这些冰冷的概念被她施加上诗的热度，也变得灵动起来。她用诗的眼光看待世界风云，又以诗的情怀面对这世事变迁，宁静地记录下一点一滴的诗意。

学习与社团工作繁杂而忙碌，但丝毫没有影响她写诗的脚步。无论多么匆忙，只要灵感迸发，她都会停下来，记录生活中那细微的感动。写诗于她而言并不是一项任务，而是一种享受。她从不会刻意地追求创作，而是耐心地在生活中发现感动，她说："你对生活的感受其实很大程度上，不是由于那种特别重大的事，而是在一点一滴琐碎的小事中产生的。"

诗意永不式微

蔡千一将自己的诗整理成集，精心修饰，分享给朋友们，但她不希

望将自己的观点强加于他人。面对朋友圈中的负能量，她总是一笑而过。蔡千一相信，诗歌表达的应该是生活的感动与美好，她愿意时刻带着纯白发亮的心灵去看这个世界。她相信诗歌具有力量，能抚慰、纯化、提升心灵。在不经意间，她的诗影响着周围的人，给予这个世界点点温度。

现在的她，更加善于从生活中发现细小的感动，并将它们表达出来。诗作越积越多，已经有了两本电子诗集。对于她而言，写诗不热衷于流芳千古，不专注于批判尘世，只是为了记录生活中的感动，感受写完诗后心灵的满足感、生命的真实感，以及写满整整一个本子的成就感，这些已经足够她将写诗的爱好坚持下来。

谈到未来关于写诗的打算，蔡千一不愿意让它变得功利化。她更想永远把写诗当作"一个发现心灵的窗口、一个修行的方式、一个让自己更清醒的方法"。她希望自己能像她喜爱的"嘻哈诗人"Jony J一样洒脱又深刻，像《饿死诗人》的作者伊沙一样理想又诚实地生活。她有着自己坚定的人生目标，而且不断在为其奋斗，但她依旧热爱写诗，更热爱生活，她用诗创造自己心灵的自由，也在用自由的心灵创造感动。

心无杂念，纯粹而热烈，蔡千一在一首首诗中表达着对世界的善意。时光荏苒，生活的琐事没有消磨她的诗意，却让她用一双慧眼发现其中的美好。她的笔尖将一次次于纸上起舞，带给这个世界诗意的感动。正如她的诗中所言，"献给无上的勇气，献给热爱的光晕，愿青春永不凋零"。

【CUPL正能量第183期】李维龙："信"跑者

文 | 团宣通讯社　安振雷　孙维昱　冯思琦

引言：鞋子摩擦地面，发出沙沙的声响；细密的汗珠沁满额头，呼吸也渐渐粗重，李维龙已经记不清这是第几次奔跑在赛道之上。从昌平校区熟悉的田径场，到国际马拉松的赛场，再到如今金戈铁马的军旅战场，李维龙一直奔跑在路上。

人物简介：李维龙，中国政法大学民商经济法学院2014级1班学生。曾担任民商长跑队队长和校田径队队长，期间刻苦训练，连续三届取得校运会5000米第一名，在首都高校运动会等多项比赛斩获冠军。在第二届法大人马拉松比赛中，取得教工校友-男子组第一名的佳绩。作为一名国防生，李维龙毕业之后成为一名基层警官，就职于武警重庆总队执勤第二支队。

为集体而跑

李维龙从小就怀着从军报国的满腔热情，向往着那一抹橄榄绿的他，最终如愿成为中国政法大学的一名国防生。初入法大，迎接李维龙的就是严格而高强度的训练。"上午出操 5 公里，晚上夜训再来一个 5 公里"，国防生的训练虽然辛苦，却塑造出他强健的体魄，让他与长跑结下了不解之缘。

高中阶段忙于学习，李维龙没有过多参与到运动比赛中。开启大学生活后，为班级争光的决心驱使着他参加新生运动会。他报名了除接力外的所有项目，并以初生牛犊不怕虎的心态奋力拼搏，取得了不错的成绩。赛后，在蔡耀燊师兄的邀请下，李维龙加入了民商长跑队，与队友们一同奔跑在红色的跑道上。

国防生与运动队的高强度训练，让李维龙一天下来倍感疲惫。他曾经想过放弃，退出长跑队，去寻找一种惬意舒适的大学生活。然而，不论是平时训练时师兄师姐的嘘寒问暖，还是赛前减压时老师的加油鼓气，都让李维龙感受到了家一般的温暖与关怀。"每个运动员心中，都有一个坚持下去的信念！"出于对于团队的热爱与不舍，他最终选择了留下。

严格的训练与不懈的坚持让李维龙在长跑的路上越走越远。他留任民商长跑队队长，并成为校田径队长跑队队长，肩负着学校的荣誉，他带领队员们更加努力地训练。军人的使命和责任已经融入李维龙的血液中，当学校需要他的时候，他总会再次站到起跑线前。

爱长跑，爱生活

长跑，考验的不仅是一个人的身体素质，更磨炼跑者的精神意志。5000米的后半程对于许多参赛者来说都是巨大的考验，李维龙却在不断的训练与比赛中，逐渐学会享受这一坚持到底的过程。对他而言，当双脚踏在赛场，当耳畔响起同伴的鼓励，5000米的终点，便不再遥远。

第一次参加5000米比赛时,和大多数人一样,李维龙面临着意志和体力的双重考验。"最后一圈,体力已逐渐不支。我不断对自己说,终点就在眼前,坚持下去,不能辜负大家的期待。"炎炎烈日下,李维龙额头上布满了汗珠,呼吸变得沉重,拖着疲惫的双腿,他全力完成最后一圈的冲刺。

李维龙的赛场,不只局限在洋溢着掌声与欢呼声的田径场。怀着在训练中培养起来的对长跑的热爱,李维龙接触到马拉松这项运动,并在校园中结识到与他志同道合的伙伴。一行几人,时常相约十三陵水库拉练。陡坡、烈日、干渴,考验着他们刚出发时的雄心与激情。一路上,同伴们互相激励,相伴同行,最终抵达山顶,体验"一览众山小"的惬意和清爽。

跑者无疆

2019年5月校庆,李维龙以毕业生校友身份重返母校,参加第二

届法大人马拉松。他带着满满的怀念和感激,在熟悉的校园中再次出发,回忆着当年的校园时光,他的每一步都带着对母校深深的爱意。

报名参加法大人马拉松的经历,却是充满了坎坷与曲折。当开展第一届法大人马拉松比赛时,李维龙便已经跃跃欲试,做好了参赛的准备。当时的他还在北京集训,负重拉练、野外扎营,日常的高强度训练使他依旧保持着身体的敏锐度和爆发力。但是令人遗憾的是,由于一次紧急的任务,李维龙与第一届法大人马拉松失之交臂。第二届法大人马拉松报名时,李维龙却因为在外地执行任务,无法回来体检而面临着被退赛的风险。校友会的老师了解到他的情况后,让他在任务结束后补交体检报告,李维龙这才得以返校参赛。

以一名毕业生的身份又一次返回熟悉的校园,李维龙心中充满了感慨。绑上手环,系好号码布,迈向曾日夜奔跑过的跑道,李维龙不禁回忆起在操场上训练的每个清晨:迈着沉重的步伐,在大家的加油声中奋力冲过红线。当跑过拓荒牛时,李维龙恰巧遇到了自己运动队的好友。双方默契地相视一笑,而后继续迈开双腿,冲向终点。

获得校友组第一名的奖牌时，李维龙觉得时间仿佛就定格在昨天。从大一加入运动队开始，他参加过许许多多的比赛，收获了无数的掌声与奖牌，直至今日他以校友的身份返校参赛，始终怀着对长跑的热爱、对母校的眷恋。在他所热爱的校园里，奔跑的步伐从未停止，亦如他始于法大的人生。

生活如长跑，结果不取决于瞬间的爆发，而在于途中的坚持。李维龙愿一直奔跑在路上，跑去更远的地方、看到更多的风景。

【CUPL正能量第184期】康乾伟：
奋斗是对祖国最好的告白

文｜团宣通讯社　孙可一　康卓吉　段梦圆

引言：夏末夜幕降临，运动场上，康乾伟仍在认真训练他所负责的中队。虽然嗓音略显嘶哑，但带着军人特色的口号依旧掷地有声，激励着游行方阵的成员们一遍遍地练习。

那些年轻的面孔让他想起了蔚蓝天空下的橄榄绿，也让他更加期待这份光荣的责任，让二十二方阵为自己烙下独特的印记。

人物简介：康乾伟，法律硕士学院2019级学生，2016年志愿参军入伍，曾服役于武警西藏总队机动第三支队，服役期间表现优异，多次

获得优秀士兵、军事训练标兵等荣誉称号及嘉奖。2018 年，康乾伟退伍返校，负责所在学院 2018 级本科新生军训工作。2019 年暑假期间，康乾伟主动辞去实习工作，推迟法考计划，积极参与国庆七十周年群众游行活动并担任辅助教练，协助完成整个方阵的训练工作。

用拼搏丰盈青春

"参军入伍，是我做过的最正确的决定。"这是康乾伟重温那段短暂但意义深远的军旅生活时的回答。回想起入伍前的本科生活，他有些遗憾与懊恼：由于没有制定好详尽可行的规划，本科四年许多时间都在无意义的忙碌中浪费了；那些能够完善塑造自我的尝试，也因惰性和畏难情绪被搁置废弃了不少。而大四那年参军入伍的选择，成为他实现自我改变的关键节点。

部队不但每年都会制定支队全年的训练目标，还会根据实际的效果和进度安排调整每月的训练计划。在周末和月末，部队还会举行定期的总结反思会，大家可以通过对计划完成情况的回顾和分析，更具体地了解自己的收获，明晰自己的不足。退伍返校后，康乾伟仍旧保持着这样的习惯，面对研究生阶段繁重的课业，他没有感到慌乱，而是借助细致详尽的计划帮助自己合理高效利用时间；每周的反思帮助他更好地审

视得失，也能更有针对性地规划下一周的学习生活。也正因对自我的清醒认知、对目标的准确把握，使他在得知国庆七十周年群众游行活动的消息后，毫不犹豫地选择放弃实习机会、推迟法考计划、参与方阵训练。

对于康乾伟来说，参军入伍几年间的历练，为人生意义的丰富开拓了更多可能，加入群众游行队伍数月的全然投入则为自我价值的实现创造了宝贵机遇。

以责任诠释梦想

因为在部队接受过高标准的队列训练，康乾伟被学校选作辅助教官，协助完成对二十二方阵师生的训练工作。盛夏时节，高温暴晒，对大部分参与方阵训练的师生来说是场不小的考验。因此，除了根据整体进度认真安排每日的训练任务，一遍遍讲解要领、示范动作、纠正错误，他还特别关注到了受训师生的情绪变化。

当训练进入后半程，除了持续的高温使大家的情绪容易焦躁不安，不断重复内容相似的队伍训练也使大家感到乏味和倦怠。消极的情绪在队伍中飞快蔓延，也影响了训练的效果：队伍间总有人无法调整好位置，大家开始因为步伐不齐而相互指责，越来

越多的人在队伍中窃窃私语、动作缓慢随意。于是，每一次训练后康乾伟都会更加细致地评价大家的进步与不足，帮助大家了解：看似重复无用的训练实际拥有重要的作用；此外，他还结合自己在部队中的切身经历，与大家分享"任何收获成就都没有捷径"的感悟。

一次训练结束后，一个男生突发急性胆结石被送到医院进行手术。手术结束后，康乾伟特意嘱咐他多休息几天，等到身体完全康复了再来训练。可没想到，手术刚刚结束一天半，这个男生就出现在了训练场上，康乾伟感动又担心，问他为什么不多休息一下，他笑着说："师兄，没事，我可以的。"

队员们的认真和用心，让康乾伟越来越感受到，除了以最好的状态走过长安街，他还有一份更重要的责任：通过严格科学的训练，帮助二十二方阵所有成员，在国庆当天展现出独属于法大人的风采。

用奋斗告白祖国

康乾伟有一个小箱子，用来存放那些承载着难忘回忆的物品。游行结束后，他把证件、道具和服装叠放整齐，也收藏进了这个箱子。近3个月的时光随锁进箱中的物品一同被封存，他希望这个夏天收获的欣喜与感动，可以存留更久，成为能够持续鼓舞自己的力量。

回想起在长安街上彩排和游行的情形，除了收到附近居民问候和送来的矿泉水时的温暖感动，近距离看到尖端武器装备的震撼自豪，向革命老兵和他们的子女后代挥手致敬时发自内心的感激与敬意，以及走过天安门前挥舞花束欢呼呐喊时的激动喜悦……前期彩排时的一幕使康乾伟念念不忘：凌晨时分的长安街上，当国歌声响起，蹲坐在地上休息的师生纷纷站起来，齐声高唱"起来，不愿做奴隶的人们，把我们的血

肉筑成我们新的长城……"

　　正是那一刻，正是许多那样微小但熠熠生辉的时刻，让原本宏大抽象的"爱国"变得生动具体、真实可感，也让康乾伟以及每一个为国庆七十周年群众游行付出努力的人感受到：自己作为历史的参与者，正在用奋斗向祖国深情告白。

【CUPL正能量第185期】道具安检组：
二十二方阵的"核心关节"

文｜团宣通讯社　贺晓菲　安振雷　冯思琦　徐菡蕊　孙维昱

采访｜团宣通讯社　郎朗　林翊涵　杨豫

引言：他们是服务保障国庆70周年庆祝活动的一分子，但不曾亲临长安街，始终坚守、默默等待在操场一隅，或陌生的临时驻地，或天通苑北站的"堡垒"中。1089件正式道具，"发"全数核发、一个不多，"收"全数清收、一个不少。简单的"查火柴棍儿游戏"，成了道具组师生的日常训练科目，"只要启用'正式道具'，就是道具安检组的责任！"四车长耿世铭始终记得后勤保障组朱林老师的任务要求。

人物简介：中国政法大学国庆 70 周年群众游行方阵保障服务组道具安检小组，组建于 2019 年 8 月 29 日，主要职责是管理运输正式道具装备，到达指定地点提前完成安检，在远端集结处与游行队伍进行交接，实现"人物分检"后，自行返回学校，执行单次任务总时长约 29 小时。工作组共有 30 名男生，来自 3 个年级 11 个学院，从先期参加后勤保障工作的服务站、摄影组、彩车组等抽调骨干 16 人，后选调法学院和刑事司法学院主要学生干部 14 人，领队教师为校后勤保障处昌平物业中心刘岩。

48 小时临危受命

"功成不必在我。"第一次参加上级指挥部召开的工作会，刘岩老师在笔记中写下了自己的决心。与此同时，中国政法大学大队后勤保障组的老师们正在按照"道具安检组必须全员男性"的工作要求商讨调整组建方案——两天时间遴选，全员必须政治素质过硬、具备良好体能，车长需要有清分道具经验。刚刚完成数次外出演练、"卸甲归队"的彩车组、全程跟训的保障服务站，乃至摄影队的男生骨干悉数抽调，但仍无法临时征召 30 名男生，法学院杨婷婷和刑事司法学院徐瑞苑两位老师顶住压力，逐一做刚刚返校、准备迎新工作的学生干部的思想工作，14 名从未参加过国庆保障任务的男生临危受命。至此，道具安检组全员集结完毕，下设 4 个车组，任务代号"核心关节"。

2019 年 9 月 4 日凌晨的演练是方阵第一次使用正式道具。为了确保万无一失，3 日 18 点开始，道具组对全部道具进行了二次清点，分红黄两色逐一装袋，准备发放工作。道具组核数签发——游行方阵中队长清点签收——中队逐一分发到个人——19 个中队实际领取道具数量加总——清点剩余道具数量，核对总量——刘岩老师确认签发。一个流程下来，道具组目送游行队员拿着道具登车出发，已是凌晨 2 点 30 分。

4 日中午 12 点 30 分，道具组在操场南大门集合，等待演练归来的大部队。摆好道具回收箱，每个中队分红黄两色回收。经过一夜的演练，参训队员疲惫地回到校园，道具清点既要准确无误，也要迅速及时，半个多小时的点验，总数少了 2 个。某中队反映疑似将道具遗落在返程车辆上，朱林老师立刻联系车队查找。与此同时，在两位老师的带领下，道具组对全部道具逐一拆袋、重新清点、分类装箱，又过了 1 个半小时，确认 2 个黄色道具被套错袋子放进了红色道具之中，总数无误，全体师生这才安心。

29 小时默默等待

2019 年 9 月 20 日 21 点，道具安检组先于方阵队员集结出发。21 日将是全模拟正式活动，这也意味着道具安检组的第一个"规定动作"即将开始。伴着田径场的灯光，120 多箱道具出库，分装在 4 辆改装过的大巴车上，前排坐人、后排放物。3 个多小时颠簸，师生们凌点准时抵达临时安检驻地，开始了 3 个多小时的排队安检。一百多辆大车、几千箱物资、十余万道具，漫长的等待、漆黑的凉夜使得成员们更加疲惫，挤在大巴车上暂时小憩。

凌晨 4 点，车辆终于进场，可以分装道具了。刘岩看着刚下车的同学们，大多疲惫不堪，有的还晕车脸色煞白，他问一车长沙傲寒："先休息，还是先工作？"沙傲寒问了问身边的同学们，"先干活吧，干完踏实！"在各车长的带领下，全体队员重新拆箱、装袋、封签、打包、装车，"早知道是我们自己拆箱，就不把箱子封这么严实了！哈哈。"

一句玩笑，让干活中的师生开怀不已。黎明前的气温很低，但30件"反光背心"和他们脸颊上的汗珠，和着昏黄的灯光，映入刘岩眼中的泪光。

就着矿泉水，啃面包、吃香肠，总结工作技巧；闲下来，三五个人"吃鸡""开黑"，看自己学院球队的比赛视频"吹牛"；来一首《我和我的祖国》《国际歌》提振精神……"和他们在一起，觉得自己还年轻"，身高将近190公分、身材魁梧的刘岩回想起"执行任务"的时光，感慨道。

下午1点，道具组师生带着"干净"的装备抵达会师地点——天通苑北地铁站。为了遮阳避风，刘岩指挥同学们用道具箱搭建起一个一人多高的"城堡"。"我休息的位置刚好处在风口，堡垒搭好后，刘岩老师又搬来箱子挡住风口，让我们尽量暖和一点"。法学院赵昶龙回忆道。堡垒四周密不透风，中间铺上纸板，30个人挤在一起和衣而眠。一路辛苦、一路温暖、头枕星光、身披明月，皆成为美好回忆。

打通"核心关节"

2019年9月30日，披星戴月去；10月1日，满载晨光归。30日凌晨4点，道具安检组的师生戴上国庆游行活动的工作证，最后的保障任务开始了。

同学们已经做好了"顺利完成国庆保障任务"的准备。凌晨装好道具，有了经验的同学们为了保留体力到安检驻地，登车即睡。然而，"秋老虎"打破了"经验主义"，车队抵达驻地混入车阵排队，不到两小时，完全封闭的大巴车内热气腾腾，无法安坐。等到进入指定位置，队员们迫不及待地下车透气，随着蒸腾的热气渐渐消散的还有大家的体力。法学院程学铭对那个炎热的午后记忆犹新,"为了迅速转移道具,我们车长一个人在高温的车厢里,快速地给我们往外递道具箱",阳光眩目、空气灼热,透过微微发烫的玻璃,他看到瘦高的赵嘉伟汗水一股股地从脸颊淌在纸箱上。

1日凌晨,道具组师生在天通苑北站和大部队再次胜利会师。"看到亲人们了!""核心关节,打通了!""看穿着正式服装的同学们跑向我们的时候,觉得自己特别有成就感!"和游行队员挥手道别,开心之余也有失落,"一个多月的工作,这次真的要结束了。"在外奔波近30个小时的道具安检组乘车回到了法大。

冻饿了一整夜的耿世铭直奔食堂,点了一碗热气腾腾的馄饨,看着碗中淡黄的汤汁中的粉色馄饨,他想起几个小时前,他还和伙伴们一起囫囵啃着手中的冷餐包。同样在食堂,民商经济法学院王维迪和同伴们来到食堂的第一件事,不是忙着大吃一顿,而是先将身上那件反光背心脱下,想着"终于可以扔了",可吃完早餐准备回寝室时,几人心照不宣地拾起那件已经沾满尘土的背心。"我所珍视的不是这件马甲,而是与它相关的老师、同伴、和那所有的一切。"王维迪把"反光背心"叠得十分平整,放在衣柜顶层。

国庆 70 周年,一生一次

政治与公共管理学院的徐升帅吃过早饭,就来到了学生活动中心,他和伙伴们约了一起观看庆典直播,连续 29 小时的不眠不休,"困,还兴奋地睡不着,也想回宿舍休息,但害怕自己一睡就错过了'民主法治'方阵出场",心中是"这辈子,自己也是参加过国庆游行的",徐升帅腼腆地笑着。

几个月的共同坚持，几十个小时的连续奋战，参与过国庆保障任务的老师们和同学们已经成为一生不忘的朋友。"在整个演练过程中，我和同学们同吃冷餐、同睡纸箱，一起工作、一起熬夜。我们有一个微信群，名字叫'核心关节'，我们30多个人心里都明白，法大游行队伍的远端起点——天通苑北地铁站，就是我们工作的终点。可是，自始至终，没有一个同学在我面前说'我们也想去长安街'。但说实话，我知道大家都想，连我自己都想。但没有我们，谁来做道具保障，谁来当这个'核心关节'？"在整个任务执行过程中，刘岩老师时常被他的"忘年交"学生们感动。

或许最初加入道具安检组时，每个人都属于不同的学院、组织，有不同的期待，但一起经过风吹日晒、同吃同睡，特别是在最难熬的时候，每个人坚持下来的理由是相同的：一起承担、一直陪伴，道具安检组的每一位成员和"民主法治"方阵里的每一位队员一样，背后就是法大。这就是他们坚持下来的全部动力。

朝阳星光为伴，睡过纸箱、搬过道具、装过餐包，镁光灯下、电视机上看不到这些幕后法大师生，但在与游行师生交接装备的一瞬，一句"辛苦了！"就足以让人热泪盈眶，法大不会忘记为母校真诚奉献的每一个人！

【CUPL 正能量第 186 期】黄琼芬：
二十二方阵的"最美备份"

文 | 团宣通讯社　冯思琦　郎朗　秦新智

引言："臂要摆直，腿要抬高，腰板立正，目视前方"，伴着紧张忐忑的心情，前一天还在看台上为方阵放音乐的黄琼芬此刻成为方阵中的一员，第一次以方阵成员的身份参与训练，激动之余更多的是紧张。从法大校园走到长安街，她是二十二方阵的"最美备份"，也在"备份"之路遇见了更好的自己。

人物简介：黄琼芬，人文学院 2017 级本科生，庆祝中华人民共和国成立 70 周年群众游行"民主法治"方阵成员，"首都教育系统服务保障国庆活动宣讲团"成员。从后勤保障人员到替补人员，再到国庆当天正式上场，她经历了数次转折，有过失落和纠结，也有惊喜与收获。在整个暑假的准备过程中，汗水与付出见证了"最美备份"的成长。

集结，挥汗怀热忱

2019 年 8 月 9 日的法大校园，紧张有序的国庆游行训练队伍中集结起一个特殊的中队——第 20 中队。与已经训练十多天的其他中队不同，第 20 中队又被称作"替补中队"，全队的 26 名成员没有固定的点位，"哪里缺人，我们就补到哪里"，黄琼芬便是第 20 中队的一员。

替补中队没有固定的点位和动作，却需要将不同区域的三套动作了然于胸，在其他中队排面缺人的时候进行完美的补充衔接，这给替补中

队成员的训练带来了更多的难度和挑战。对于他们来说，每次合练的补位都是随机的，"哪位同学生病或是临时有事请假，我们就补到哪里"。在这期间，第 20 中队成员将一次次外出合练看作生动的游戏关卡，而他们也在其中探索出属于自己的独家秘籍。长安街的合练分成南北两区，"包夹彩车"的过程需要方阵成员迅速找到自己的点位站好，而位置并不固定的第 20 中队成员为了尽快找到属于自己的临时点位，便在脑海中早早模拟出一张具体的"点位图"，并将标志性的点位熟记于心，"彩车后一排的横坐标是 36，中轴线的纵坐标是 29，再根据这些已知点位迅速寻找到自己的位置。这就像是一种挑战游戏，我每次都想着在更短的时间找到自己的位置"，黄琼芬笑着回忆。

忽转，梦圆长安街

随着正式亮相的日子临近，黄琼芬的内心不免失落。"作为备份，我知道自己的方阵体验可能就定格在 9 月 30 号了"，曾踏着星光走过长

安街，曾披着月色进过阅兵村，却没有机会以正式成员的身份走过国庆节的天安门，这样想着，她的遗憾涌上心头。

9月30日下午，距离方阵正式出发不到12小时，同楼层的方阵好友整理好服装，兴奋地等待着明天的正式亮相，看着大家的激动雀跃，黄琼芬的遗憾和失落感再次涌了上来。惊喜总在意料之外，第20中队队长孙宏毅的语音消息让她激动地从床上跳了起来，"由于担心现场突发状况，方阵需要后备人员随行前往现场"，这意味着她有机会亲临10月1日的天安门广场，甚至真的能够如愿走过长安街！0点40分，她所在的南区队伍集结出发，原本漆黑的校园彼时灯火通明，二十二方阵1063名成员做好了最后的准备。

抵达国庆群众游行现场的第20中队被告知可以在原本的方阵中添加一排，这意味着除了为其他中队进行必要的补位，剩余的替补成员也能悉数上场，为祖国七十华诞献礼！"民主法治"方阵正式亮相的那一刻，飞机梯队刚好从上空飞过，"当时特别想抬头看，但我知道必须忍住好奇"，她在激动之余更多了一种责任，"我们必须走好这最后的、也是仅有的亮相"。

回首，遇见更好的自己

黄琼芬的"国庆梦"在长安街得以圆满实现，但她的方阵之旅并没有就此画上句号。2019年10月24日，她被人文学院推选为代表，参加"首都教育系统服务保障国庆活动宣讲团"的校内选拔。回想自己的方阵之旅，从后勤到替补，再到正式上场成员，她笑着回忆，"两个多月来，我的方阵之旅充满了波折和惊喜，很想把自己的故事讲给大家，哪怕只是备份"。

从 11 月 4 日正式确定宣讲团成员，到 14 日开展宣讲活动，仅有的 10 天时间，对于不熟悉演讲的黄琼芬而言，可谓紧迫万分，"我要讲述的不仅是我自己的故事，更是我们整个第 20 中队的备份故事"。"把小事做到极致，就是一种成长，做二十二方阵的'最美备份'！"来自朱林老师的鼓励点醒了还在为主题困惑的黄琼芬。在团委赵中名、乔逸如等老师的帮助下，从选题撰稿到字斟句酌，她将演讲稿整整修改了 8 遍，细节的润色打磨更是不计其数。"能够胜任不同的角色是能力的进步，更是来自成长过程中的自信，要始终带着这种自信的感觉去演讲。"在李秀云副校长言传身教的指导下，从情绪表达到神态仪表，黄琼芬更加自信地走上讲台、讲述自己的故事。

14 日，在山西医科大学和山西省实验中学的两场宣讲活动顺利进行，站在台上的她娓娓讲述自己的国庆故事，"哪怕真的止步长安街，我也不会后悔，把一件看似平凡的小事努力做好，于我而言就是很大的成长"。

这个盛夏的备份故事，永远珍贵而清晰，印在她也印在所有第 20 中队成员的脑海里。在无数次未知的旅途中，"正式"与"备份"同样值得喝彩，寻觅中，她遇见了更好的自己。

【CUPL 正能量第 187 期】胡沛然：用成长为祖国献礼

文 | 团宣通讯社　徐菡蕊　陈昊昕　董嘉铭

引言：第一次走上长安街，还是少先队员的他，虽然只是"七色光"中一抹不起眼的绿意，却在青葱岁月用汗水将训练服染绿；第二次走上长安街，已是法大学子的他，不顾脚上的疼痛，伴着《宣誓号角》的节奏踏出铿锵有力的每一步。十年光阴流转，两度国庆记忆，他用成长和体悟为祖国母亲献礼。

人物简介：胡沛然，民商经济法学院 2017 级本科生，现任中国政法大学模拟联合国协会会长，曾在小学阶段参与 2009 年国庆 60 周年群

众游行活动，在 2019 年 10 月参加国庆 70 周年群众游行"民主法治"方阵中国政法大学大队，担任第四中队小队长及骨干成员，后以方队成员的身份参与首都教育系统服务保障国庆活动宣讲团，赴山西进行宣讲。

和祖国妈妈站在一起

10 年前的盛夏，在父母的鼓励下，正在读小学五年级的胡沛然参与了国庆 60 周年群众游行活动，成为"七色光"背景方阵中的一员。他将和其他 8 万多名老师、同学一起，组成天安门广场上的一道彩虹，同时唱国歌、敬少先队礼，献给祖国母亲。"我与祖国共奋进"——这句口号至今仍深深刻在他心里，或许当时的小沛然并不明白其深意，但他却有着自己的理解。每一次训练时，小沛然都顶着巨大的花环站得笔直，因为他知道，"我和祖国妈妈站在一起"。

在一次正式合练中，天安门广场的地面蓄了许多水坑，好巧不巧，小沛然的点位就在一个较深的水坑中，但他没有丝毫迟疑地站了进去，从晚上10点一直到凌晨4点，一站就是好几个小时。训练结束后，他的双脚因泡得太久而发白肿大。一天训练，暑热难耐，头顶的绿色花环亦沉重无比，不断有同学因体力不支晕倒，小沛然却还在坚持着，"再坚持一下，祖国妈妈和我站在一起呢"，他在心中为自己打气。轻轻晃了晃头，再睁眼时，熟悉的景致却忽然变成了绿色，仿佛坠入《绿野仙踪》里的翡翠城。小沛然惊讶地抹了抹眼睛，却发现手背也变成了绿色，原来是天气炎热，头顶的花环将汗液染成了绿色。那个夏天，小沛然的训练服经历了一场又一场"绿雨"的洗礼，绿色的印记总是洗了又染，直至再也洗不掉，变成专属于他的"绿色纹章"。至今，这件训练服仍整齐叠放在胡沛然的家里。

走好法大青年的每一步

10年后的夏天，炎热依旧，少年已长大，初心却依旧不变。报名参加国庆70周年群众游行民主法治中国政法大学大队的胡沛然，早在7月15号就已到校参加训练。训练时，为了使方阵呈现出更好的总体效果，每一位队员的步幅都应控制在60cm左右，但这对于身高187cm的胡沛然而言，有些难度。为了调整自己走好每一步，胡沛然在刻苦训练之余，还给自己"加练"，一次偶然的机会，他发现宿舍的地砖刚好是60cm，此后，他总会刻意地去踩宿舍的地砖线以调整自己的步幅，直到将"60cm"形成肌肉记忆。"哪怕是现在，我都会不由自主地跨出60cm的步幅"，胡沛然笑着说。

2019年10月1日凌晨，在北侧集合的胡沛然比南侧的室友晚出发

1小时，当他怀着紧张而激动的心情出门时，却惊讶地发现：黑暗中，室友将他俩的一只鞋给穿错了！但当时室友早已出发，于是胡沛然只能硬着头皮，忍耐着阵阵疼痛，穿着一只比自己的脚小上两码的鞋，集合、出发、列队。疼痛无时无刻不在挤压着他的神经，但他依旧带着热情的笑走上长安街，走好"60cm"的每一步，为祖国母亲庆生。游行结束后，校车载着大家返程，在一片欢呼与雀跃中，胡沛然悄悄寻了一处角落换下了这只鞋，此时，他的小脚趾已经因为一天一夜的挤压而变得青紫。

与祖国一起成长

70周年阅兵仪式结束后的国庆假期，胡沛然特意与父母一起"再游长安街"。国庆热闹的气氛仍未消散，当汽车缓缓驶过长安街，他兴奋地给父母指自己曾经"走过的路"，夕阳余晖中，华表、天安门、国旗……一幕幕熟悉的景色再次映入眼帘。每到一处，胡沛然就与父母分

享在这里所发生的故事，或是夜晚与同伴共同赏月、困倦时提神醒脑的《1234 歌》，或是老师的一声问候、队友的一句鼓励。恍惚间，他仿佛看见 10 年前的自己，戴着绿色的花环站在天安门广场，巨大的花环将他的脸完全遮住，但脸上的神情却是盖不住的满足；看见几天前的自己，一边摇动着手中的花束，一边留意着自己的步幅，脚上的伤哪怕现在都隐隐作痛，但当时的自己却是那么地开心。

10 年，从小学到法大，从花环到花束，从少先队员到入党积极分子，那张圆圆的笑脸与如今的翩翩少年重合，时光在胡沛然身上重叠。或许他只是历史洪流中的沧海一粟，但与祖国母亲一同成长，却是独属于他的国庆记忆。"我与祖国共奋进"，这枚 10 年前种下的种子，在时间的浇灌之下茁壮成长，并且催动他又一次走上了长安街。两次国庆记忆，记录自己的成长与体悟，见证祖国母亲的日益强盛，这就是胡沛然 10 年不变的初心。

成长或许很漫长，需要一生的沉淀；或许很短暂，只在恍惚一瞬

间。但对于胡沛然而言，将成长镌刻在两次国庆记忆中，用自己的时间记录祖国的变迁，让自己的成长伴随祖国的"成长"，用成长为祖国献礼，就是成长最好的模样。

【CUPL 正能量第 188 期】十四中队：
彩车背后的行进者

文 | 团宣通讯社　贺晓菲　陈逸安　浦泽洲

引言："作为离彩车最近的人，我们既不能向前看齐，也不能向左或者向右看齐。"小队长柳栋说着第十四中队所在位置面临的困境，没有捕捉笑脸的"镜头"、更看不到观礼台，只有"目视彩车、稳住步速、保持距离"的职责与任务。在看不到的时光里，他们跨越盛夏烈日与滂沱大雨；在看不见的地方，他们一步一步坚定执着地行进着。

人物简介：中国政法大学国庆 70 周年群众游行方阵第十四中队，共有 57 人，1 名中队长，6 名小队长。中队成员包括政治与公共管理学院的 2 名老师，54 名同学，以及 1 名民商经济法学院的同学。在"民主法治"方阵中，十四中队位于彩车正后方，在方阵整体行进过程中，十四中队的同学们需要始终把握队伍与彩车之间的行进距离，保持队伍排面整齐、节奏不乱，保证彩车后部方阵的行进队形和速度持续稳定。

知命不惧，守拙本位

方阵的点位确定伊始，十四中队的同学们便知道自己所在的位置极有可能被正前方高达 15 米彩车遮挡，这意味着彩车不仅会遮挡他们的视线，也将遮挡正式游行中属于他们的镜头，他们站在注定不会被看见的地方。"一开始失望是不可避免的，但做好自己更重要。后来，'如何克服在这个位置行进的难题'，便成为我们中队每个人最关心的问题。"十四中队队长刘桂彤笑着回忆道。

董润泽是十四中队的小队长，在 2019 年 7 月方阵成员正式集结前，他便在学校进行骨干成员培训。一次次训练后，十四中队 4 个教练员组成的队列齐步走的臂膀和口号仍然配合不齐，排面也没有达到理想的整齐效果。小队长培训的日子一天天临近，而明显的配合问题令董润泽焦灼不已，他握紧拳头暗下决心"一定要练好"！在一个雨夜，他召集两名队员加训，此时的操场早已关闭，他们三人只得在二食堂与操场门口的一段距离间练习齐步。淡淡的月色隐匿在云后，小雨淅淅沥沥砸在路面亮晶晶的小水坑里。摆臂、跨步、行进，一遍又一遍，在朦胧浪漫的雨中世界唯有三个身影清晰明亮。

那一晚的雨夜练习不单单让他们成为当天微信步数排行榜的第一名，"定高点、定裤缝线、定脚"，齐步行进的技巧在一次次往复前进中得以确认和把握，正确经验随后也应用到正式合练的过程中。终于，等到了全员合练的"大日子"，十四中队也开始了更难的挑战。

向中看齐，标齐排面

十四中队在整个方阵中所处的位置十分特殊，中队第一排同学的前方 3 米是彩车，中队左右分别是隔着彩车向前进的第四中队、第五中队。彩车没有后视镜，在整个过程中，中队的成员不仅要保持自身动作标准，还要对彩车的时走时停，迅速做出反应，稍不留神便会直接冲向彩车或者和旁边第四中队、第五中队的同学们混在一起。在这样的客观条件下，只能由十四中队自行把握行进的节奏和间距。

中队的同学们总结出"向中对齐"的方法，柳栋的点位是"3628"——十四中队第一排的核心点位，在行进过程中他也是全队步伐的节奏中心。"输出全靠吼"，当看到旁边的同学没有对齐，第一排

【CUPL 正能量第 188 期】十四中队：彩车背后的行进者

的同学们便通过大声提醒的方式快速调整排面。田帅在十四中队的队伍边缘，在演练中常常被人流挤到旁边第五中队的队伍中。这个天生性格安静淡泊的男孩子自言：一想到这样会影响队伍最终行进在长安街上的排面效果，他也不断大声地提醒左右方队的同学："标齐排面！"

十四中队第一排的另一个核心点位是政治与公共管理学院分团委书记吕茂相老师，他也是群众游行活动的南侧集结疏散长。除了行进中的"点位角色"，吕老师更重要的工作是组织方阵在游行前的出发、运输、集结等工作，董润泽仍然记得在阅兵村，第一次外出演练让

同学们兴奋不已,而熬了一宿协调车辆的吕老师就地便盘腿睡着了。

"民主法治"背后的法大人

2019年10月1日11点钟,十四中队终于踏上了向往已久的长安街。刘桂彤努力回想训练中出现的种种问题,"保持车距、注意排面",她反复小声地提醒身边的队员集中注意力,"系好鞋带"十四中队的同学们也相互叮咛着许多注意事项。

《宣誓号角》奏响,当"民主法治"方阵行进到天安门前,那一抹朱红色出现在视线内。周遭的一切被舞动的花束填满,耳畔是同学的欢呼雀跃声,难以抑制的激动让方阵中的许多同学都蹦跳起来,十四中队的同学们却一直保持着脚下的节奏不变。"我们的职责就是在正确的时间和场合,做正确的事情。"时隔两个月,董润泽对经过天安门的那一刻的记忆依旧鲜活。"向中对齐""定高点、定裤缝线、定脚""上身欢愉、下身不变",一次次训练中的口令镌刻在同学们的肌肉中,尽管身处欢愉的海洋中,他们每一个人,都始终记得所在位置的责任,让十四中队、"民主法治"方阵整齐地走过长安街，顺利地完成祖国母亲的检阅。

彼此道一声"国庆快乐"，接过身旁热心群众递来的水，目送长安街远端一辆辆驶过的大型彩车，再看一眼"民主法治"的背影，方阵队员们带着些许失落、些许兴奋、些许幸福，乘上一辆辆目的地为中国政法大学的公交车。为了这一天，无数个喧嚣与热闹的夜晚、一张张真挚的笑脸，永远留在这个关于"国庆70周年"的夏天。

所谓"匠人精神"，可以是传统手艺人一生只为一件事，文字校阅者默默考究做到极致，亦是十四中队的每一位同学，他们在"民主法治"彩车的背后，在一个注定不会被看到的位置，专注执着地走好每一步，走过一个夏天，走过长安街，也带着属于法大人的荣耀与使命，为了民主法治的未来而坚定行进。

【CUPL正能量第189期】宁永彬：研路漫行者

文 | 团宣通讯社 孙维昱

引言：摘国徽、卸警号、脱警服，原本熟悉的动作，这一次他却做得极其缓慢，仿佛在进行一场仪式，充满敬畏与庄严。这场仪式后他将暂时告别热爱的工作岗位，重返校园。奋战三年终得偿所愿，宁永彬松了心里的那一口气，却绷紧了人生的另一根弦。

人物简介：宁永彬，中国政法大学刑事司法学院19级刑诉2班研究生。本科就读于中国人民公安大学，毕业后入职广西南宁市公安局青秀山分局，成为一名基层干警。入职同时宁永彬开始通过自学备考中国政法大学研究生，在经历两次考研失利后，宁永彬于 2019 年以 397 分的成绩考入了法大蓟门桥校园。

为自己的人生负责

临将本科毕业，并没有明确人生规划的宁永彬选择像大多数同学一样回到家乡成为一名基层干警，但入职前参观佛罗里达大学活动彻底改变了他的想法。置身于脚步匆匆的学子人群中，宁永彬被那里浓厚的学术氛围触动，不想再继续自己随波逐流的人生，他作出了一个决定——考研。

但宁永彬面临着重重困难，他的母亲一直希望儿子可以拥有一份安稳的工作，家乡分局的工作在母亲看来是"铁饭碗"，在入职前夕告知母亲自己的考研想法，无疑是放弃母亲眼中一份相当有保障的工作。考虑再三，宁永彬最终还是决定坚持自己考研的想法。宁永彬与母亲进行了一番长谈，母亲慢慢想通了，"孩子的路还要孩子自己走"。

母亲虽然同意了，但同时也对他提出了要求："我支持你考研，但是你不能先辞职后考研。你要是有本事，就在这一两年内把考研这关过了，你过了我就同意你辞职。"宁永彬没有反驳，也不能抱怨，入职了广西南宁市公安局青秀山分局，成为一名基层干警的同时也成了一名"考

研党"。与此同时，在确定目标学校时，宁永彬结合自己的职业发展规划，通过各方面综合考量，最终决定考中国政法大学侦查学专业。

考研，与自己较劲

事情并没有预想得那么简单，最大的困难便是平衡学习与工作的关系。因为不想得到"特殊照顾"，宁永彬自始至终没有与分局的同事和领导们交流过考研的想法。基层警察的工作很繁忙，他从不推诿工作，而是不断提高工作效率，在保证工作质量的基础上为自己争取更多的复习时间。

尽管如此，工作还是占据了宁永彬生活中的绝大部分时间。每晚 8 点左右宁永彬才能结束一天繁忙的工作戴月而归。回家迅速吃饭洗澡，8 点半准时开始看书，为了更好地复习，宁永彬给自己制定了极其详细的复习计划，以周为单位，每天 3 小时，看什么，看多少，计划里一清二楚。由于基层警察工作的特殊性，他的学习计划经常会被意料之外的事情打断。一个出警电话，他立马放下书本，奔赴案发现场；隔三差五的加班熬夜，生物钟经常被打乱，但简单的休息后，他便能重新投入到学习当中。

每天3小时的学习时间，看似不长，却胜在始终如一的坚持，如他所言："大部分人缺的不是时间，而是利用碎片化时间的能力，也就是坚持，日复一日，年复一年。"

第一次考研，他心里是没底的。他所要考取的侦查学专业在网上找不到真题，他只能根据官网的复习范围一遍又一遍啃书背重点，在翻开试卷之前，他并不确定复习的内容能不能考到。出人意料的是宁永彬第一年的总成绩很好，379分的复试成绩远高于往年350分的录取分数线。查询成绩时，他本以为自己能够稳稳地被录取，但现实给他开了一个巨大的玩笑。那一年，政治分数线第一次提高到了60分，他以4分之差遗憾落榜。

第一次考研的失利对宁永彬的影响是双向的。一方面录取分数线的变化使他产生心理落差；另一方面他也更加坚定了自己坚持考研的信心，能够在第一次考研中取得这样的成绩，已经证明了他一年坚持复习的效果。宁永彬决定"二战"。然而第二年，随着工作更加忙碌，学习精力更需要"挤出来"，再一年的努力没有换来欣喜的结果——总分同样不低，政治仍未过线。

研路无悔青春梦

"二战"失利的宁永彬，开始反思自己：自学备考，下苦功夫，之前两次备考全靠自学，能学好英语和专业课，但政治学科需要提升思维辨析能力，仅仅自己闷头复习容易陷入死胡同。两年考研经历，让他结

识了不少考研大军中的同路人，既然自己试了两次都不行，那何不试着向"考研上岸"的同学或者老师请教呢？根据大家的建议，突破薄弱学科的方法或许就在于寻求外界的帮助。决定"三战"时的他，同时决定报名一个政治理论学习的面授班，跟着老师踏踏实实地学一年，为第三次考研做好准备。

经历了前两次失利，第三次踏上考场的宁永彬已能淡然处之，他将考试看作是把自己3年复习情况付诸实践的一场检验，"成功也好、失败也罢，我觉得这都是我必须经历的一个过程"。苦心人天不负，最终，3年来一点一滴的坚持与积累，化作他"三战"考研的胜利果实，他成为中国政法大学刑事司法学院的一名硕士研究生。

3年的光阴，他在工作与学习的交织中不断拼搏。他没有以考研为借口逃避过任何工作，工作上没有丝毫懈怠，与其他同事一样完成好每一项工作。直到他拿到录取通知书，办理离职手续，分局的领导和同事们才知道他利用工作之余的时间考研。在此期间，由于优异的工作能力和出色的工作表现，宁永彬在工作期间获得了若干个人嘉奖，在2017年和2018年连续两年被评为"南宁市优秀公务员"。研究生考试的很多题目并没有标准答案，需要结合课本的知识和自己的想法来回答，宁永彬3年的工作经验在这方面给了他很多帮助。

回忆自己的3年考研路，宁永彬最大的秘诀就是"坚持"，工作与备考几乎占据了他生活的全部。3年间，周末打篮球是他唯一的休息方式。这样的生活无趣枯燥，但是他深知：日复一日的坚持才是实现理想的必经之路，付出越多就是为梦想助力越多，"要知道自己想要的是什么，这个问题想明白了能帮自己省掉很多不必要的多愁善感，能让自己累并快乐着"。

在宁永彬心里，考研并不是一件简单的事，他从不会说"只要努力就能考上研究生"之类的话，而是在备考当中心无旁骛、坚持不懈。对于他来说，这段备考的经历才是一生当中最宝贵的财富。

【CUPL 正能量寒假特稿】决胜 NCP 疫情的法大人

文 | 团宣通讯社　王丹阳

引言： 2020 年 2 月 3 日，中央政治局常委会会议研究加强疫情防控工作时强调，这次疫情是对我国治理体系和能力的一次大考。新型冠状肺炎病毒引发疫情以来，党中央、国务院高度重视、紧急部署；各级政府积极响应、采取措施；大批医护人员挺身而出、驰援武汉；医疗物资生产线工人和基础设施建设者们不计酬劳、连夜赶工；社会民众献出爱心、为武汉打气……中华儿女在疫情面前表现出的团结一心、勇敢无

畏，让所有人坚信："没有一个冬天不可逾越，没有一个春天不会到来"。这次疫情不仅是对国家各级行政部门的考验，也是对每一位中国人民的考验，我们都要在抗击疫情中交上一份"满分答卷"。

"妈妈，你放心去打大恶魔吧，我们在家里好好听话。"孩子们乖巧稚嫩的回答，是张西娟正月离开家投入防疫工作的一剂定心丸。在孩子眼里，作为中国政法大学校医院护士的她是"打恶魔"的高手。在全家的理解和支持下，她更加坚定了与疫情抗争到底的信心。"作为法大人，我很骄傲。法大是有一股精气神的。你看，只要有大事，上至校领导，下至每个员工，都会一起使劲儿。所以，我相信法大这次也会平平安安地战胜病毒。"

注定不平凡的寒假

"每个人都是一个个体，背后都有自己的家庭和各项事务，但当疫情紧急需要挺身而出的时候，他们不曾迟疑，全身心投入其中。无论我们做着什么，在什么岗位上，大概心里就一个信念，用自己的力量，去守护这个校园，我们自己的家。"因事态紧急临时客串"一线记者"的米莉老师，观察着、记录着校园里每一个人的努力，也时常被这种努力感染和感动。为预防应对春节疫情发展，保障法大师生的安全与健康，在疫情刚刚开始的阶段，学校就已经提前部署了节后校园寒假防疫工作的各项日程。党员干部纷纷提交请愿书，自愿加入疫情防控工作的第一线。

"疫情防控期间，不少同学在学院的倡议下放弃了提前返京返校计划，我作为辅导员其实并没有做很多劝导工作，每次收到同学们'非常理解，等待学校通知'的回馈时，都会很感动、感恩。"杨明荃是比较法学研究院的一名辅导员，负责比较法学院师生信息报送的工作。比较法学院学生构成复杂，既有不同学制的学生，又有不同培养类型和生源地的学生。对学生基本情况心中熟知、书面有账是对辅导员的基本要求。而在非常时期，整理各种不同类型学生的信息是庞大的工作量，但令杨明荃欣慰的是，同学们都非常配合学院工作。在学校的统一部署下，各学院第一时间调整寒假值班表，重新确定领导及办公室人员值班时间，分工负责做好教工和学生疫情防控工作。

2020年1月27日大年初三，后勤组、校医院所有在京工作人员全部到位，接受校医院及相关专业人员的培训，正式投入寒假防疫战斗。在本该万家团圆的节日里，他们无法与家人一起度过，但这个春节注定与平日不同。

零感染，从检疫消毒开始

校医院旁的发热门诊进行收拾整顿后作为预检分诊，这里就是张西

娟和她的同事们每日坚守的防线——对外来人员进行体检。同时，预检分诊每天需要进行两次包括空气消毒和地面消毒在内的全方位消毒，并且对每一位就诊人员进行体温测量与健康状况询问。

"我们希望，通过大家的努力，把食堂的消毒防控工作做好、把给医学观察学生送餐工作做好，把家属院老师的菜送到家。再苦再累，我们也不怕。不让疫情在学校传播，早点开学，我们也早一天回家，恢复正常的生活。"拥有300名员工的后勤组是假期防疫工作中人数最多、工作最繁琐、工作量最大的工作组。

食堂员工每天早晨5点半开始工作，开始一天的"消毒战役"：在岗员工和卫生班员工每天需进行3次体温测量和记录；对工作台、运输工具、更衣室喷洒消毒液和酒精进行消毒；售饭厅地面、墙壁、售饭台、售饭机使用酒精喷洒擦拭；盆、菜盒、打菜勺、粥勺、夹子、铲子等工具，在一日三餐前进行热力和浸泡消毒；三餐使用过的餐具都要进行浸泡、洗碗机热力冲洗进行消毒后，再放到专门的消毒柜消毒、存放、使用；每餐结束后对食堂大厅地面、桌椅、门把手、残食台、公平秤等大厅所有的物品进行每天3次以上消毒；使用紫外线、热力、健之素浸泡、消毒液喷洒、酒精喷洒擦拭和消毒柜6种消毒方法对后厨和碗房进行消毒：紫外线消毒的时间从之前的每次40分钟延长到1小时以上，一天3次用于售饭厅和操作间的消毒工作。

为了保证医学观察人员饮食营养均衡和安全健康，每餐盒饭都有纯肉菜、半荤菜、时令蔬菜、主食、牛奶、水果，由专人着专用的工作服，戴医用口罩、帽子、橡胶手套和鞋套送餐，每次送餐结束后，三轮车、装盒饭的箱子都要进行消毒。

"满分答卷"靠大家

"辅导员很快就把所有湖北的同学拉了群，然后统计我们的信息，关心我们的情况，询问我们的需求。"法学院17级李子祺感到非常振奋和暖心，每天收到来自学院和朋友们的慰问和关心，见证着社会各方面对湖北的援助与支持，他深信家乡武汉一定能够渡过这次难关。"学校全面的安排令人安心，医生和工人们明知前路艰险仍逆流而上，他们比任何时候都需要我们的尊重和关爱，武汉没有被放弃，也不可能被放弃，我相信这场'战役'一定能够打赢！"很久没看到学校建筑的他，看到推送里法大校园雪景也感到有些怀念，"想快点回到学校，想看到崭新又熟悉的法大"。

为了严控疫情，学校对两个校区都进行封闭式管理，学工系统与后勤保障处、保卫处、校医院等部门密切配合，将昌平主校区外居住的留校同学集中安排到主校区内居住，每一位留校学生发放体温计，辅导员每日监测体温，关心到每一个学生；对需要医学观察的同学，学工系统、校医院和后勤系统第一时间做好医学观察工作；保卫处组织在校教师党员和社区党员组建"党员先锋岗"，在昌平校区家属区开展人员车辆验证登记、测量体温、处置突发情况等工作；教务处成立专项工作组，调整本科教学方式，测试准备网络教学平台保障线上教学授课……坚守疫情防控一线的老师们，正在用和家人团聚的时间来换法大的平安，只为保护每一位法大人不受病毒感染，最大限度地保障学习和工作，"零感染、不停学"正是他们心目中的"满分答卷"。作为最年轻的法大人，我们也要提交"满分答卷"：积极配合国家和学校的防控安排，做好个人防护、保持居家清洁消毒与通风、避免去人群聚集的场所；同时也不能过度"放飞自我"，适当规划合理安排假期，在家中更要学会爱生活，兼顾个人思想和能力的提升。

相信不久后，待到玉兰花和樱花绽放的季节，我们定会重逢，再当面诉说彼此的思念与牵挂。

【CUPL 正能量第 191 期】张雯琦：社区防疫志愿者

文 | 团宣通讯社　冯思琦　郎朗　杨振霄

引言： 虽然不能像医务人员那样在防疫前线救死扶伤，但我觉得也可以为防控新冠肺炎贡献自己的力量。

捧着 200 多份防疫宣传单，爬楼梯挨家挨户走访宣传。一天下来，记不得说了多少句"你好""谢谢"……除了感谢和微笑，也有住户的不耐烦和部分老人的不理解，还有渐渐沙哑的嗓音和被口罩勒红的耳朵……这是张雯琦第一天参与社区志愿防疫工作的真实写照。

人物简介：张雯琦，刑事司法学院 2018 级本科生，江苏省海安市人。随着新型冠状病毒疫情的蔓延，这座位于江苏省中部的"鱼米之乡"进入紧张的戒严状态。张雯琦所在的曲园社区有居民 7000 余人，且部分住户居住在平房，人员分散，防疫工作难度大、任务重，社区 14 位工作人员应接不暇。从 2020 年 2 月 3 日起，张雯琦开始参与社区志愿防疫工作，辅助社区工作人员日常值班、发放防疫宣传单、进行外来人员信息统计。日均工作 7 小时，她用实际行动为防疫工作贡献青年力量。

意料之外的寒假选择

2020 年 1 月 18 日，在昌平区法院刚刚结束实习的张雯琦回到久违的家，准备开始享受自己"短暂"的假期。按照原计划，2 月 1 日她便要返京继续参加学院举办的"千帆计划"实习活动。然而，随着疫情的蔓延，她原本舒适的假期时光变得紧张起来。"21 号开始，我就和大家一样，非常关注公布的各省市的疫情数据。"23 日凌晨，她在朋友圈发布了一张最新的"疫情地图"，图中刚刚变红的区域，是她的家乡——江苏。

虽处于春节期间，大家防疫的警惕性却一点没有放松。张雯琦的父亲作为一名社区基层工作人员，很快接到指令，取消原定的春节休假安排，立即投身基层"防疫控疫"的工作中。"我爸爸那时候非常忙，可以说是两点一线，仅有的在家时间也都是吃饭、睡觉，几乎没有其他空闲"，看到父亲如此辛苦，她深感社区基层工作的劳累不易，加之疫情暴发导致年后实习取消，她便萌生了参与社区志愿防疫工作的想法，"虽然不能像医务人员一样冲在疫情前线，但我觉得我也可以在家乡为防疫工作贡献自己的力量"。

忙于防疫工作的父亲对她的想法非常支持，而母亲却略显犹豫，"可能会接触疑似患者、防护措施并不能保证万无一失"，种种担心让雯琦的妈妈一直心存顾虑，但拗不过父女二人"统一战线"，妈妈终于同意了让女儿参与社区志愿防疫工作。

社区战"疫"正当时

2020年2月3日，作为"外来人员"的张雯琦已经在家自行隔离了14天，确保身体无恙后，她正式成为一名社区基层防疫志愿者。她的第一项工作便是走访社区的200多家住户进行防疫宣传，提高居民对防疫工作的重视程度。"一开始劲头还是很足的，但一上午下来就感到疲惫"，上千级台阶、上百次宣传，她的"第一班岗"并不轻松，由于长时间佩戴口罩，结束工作后，她耳朵后已被勒得通红。

张雯琦还在小区卡口位置成为一名尽职尽责的"检查员"，宣传疫情危险、普及防疫知识、检查通行证、测量进出人员体温、劝说住户佩戴口罩……简单重复的工作难免乏味，但她依旧饱含热情，"在检查时大家都比较配合，还会对我说'辛苦了'，我想这就是我的动力所在"。

物资短缺一直都是社区防疫面临的主要问题之一，张雯琦所在的小区卡口位置，人员往来流量大，刚开始政府分配的温度计还没有下拨，加之市面上的温度计很难买到，社区工作人员便通过代购等途径购买符合标准的温度计无偿供卡口使用，还有人贡献出家中的温度计。社区值班人手短缺，退休的党员便主动请缨，"有人出人、有物出物，一个社区就是一个大家庭，大家真的拧成了一股绳"。

社区里的"普法大使"

社区防疫工作对于张雯琦来说是单调而辛苦的，但奉献与服务的体验也时常让她感到快乐。平时在岗位上服务社区民众，回家后和家里人谈起值班趣事，一家人其乐融融，"随着我值班次数的增多，妈妈最开始的顾虑也渐渐消除了，有时还会主动问我今天都发生了什么"。

不同于普通志愿者的是，张雯琦在值班过程中还充分发挥了自己的"专业优势"。疫情期间，社区发布了很多法律文件，而大多数人都认为这些文件与自己关系不大，从而缺少关注。在这时，她便化身为社区的"普法大使"，为来往居民解读这些文件规定、普及法律知识。

刚开始实行小区封闭管理的时候，一些居民由于缺乏足够的防疫警惕性，外出时没有佩戴口罩，一次值班时，张雯琦在卡口处拦住了一位想要外出买菜却没有佩戴口罩的老人，"我跟老爷爷讲老年人的抵抗力相对较差，更要提高防疫意识，并且结合'治安管理'等方面的相关法律，劝他回家戴好口罩，保护自己、保护他人"。知道张雯琦是"法学生"，日常值班时社区工作人员会主动与她聊起新闻中报道的法律事件，"这时候会觉得自己的专业在这场防疫'战斗'中有了用武之地，是很自豪的"。

我们谁都不是超级英雄
无非有一分热，发一分光

志愿的微光用爱与希望，消融冰雪，唤醒春意
待点点微光汇成璀璨星河
待星星之火凝聚青年力量
待枝头吐绿、江风拂面

我们春暖花开时再重逢

【CUPL正能量第192期】于笑野：服务家乡的"红马甲"

文 | 团宣通讯社　秦新智　李元嘉

引言：随着疫情的扩散，路上已经少见行人，背着消毒液的于笑野与社区防疫小组的志愿者们走在居民楼下。他握着喷雾瓶手柄的手指已经酸痛，手套里也因汗水变得黏腻，但他没有松动半分，依然重复着喷洒消毒液的动作。为居民楼消毒是于笑野防疫志愿工作的一部分，对他而言，这个"体力活"却是最轻松的工作。

人物简介：于笑野，中国政法大学政治与公共管理学院国际政治专业 2016 级本科生，共青团员。在寒假期间自愿参与吉林省通化市共青团团委青年志愿者协会防控疫情志愿活动，与百余名志愿者一起，在各个社区、街道以及火车站核查人员信息，分发生活物资，喷洒消毒液，为防控疫情做出自己的努力和贡献，也影响和感召着周围的人们积极参与到力所能及的防控工作中来。

甘当"逆行者"

2020 年 2 月 2 日的白昼稍稍又长了些，傍晚 6 时的天还泛着些许灰白。随着疫情防控战的升级，关于新型冠状病毒的消息已经占据了大部分的新闻热点。看着每日增长的病例数字，于笑野想做些什么，却又深感无能为力，直到一条推送被他刷了出来。"18 周岁到 40 周岁，身体健康，最近没有武汉接触史……"这是通化市委下属青年志愿者协会招募志愿者的推送。防疫工作志愿者招募要求很简洁，于笑野随即填写了报名表，点击、发送。

报名后的几天，于笑野都在家中认真学习防疫志愿者的网上培训课程。2 月 6 日，志愿者群里发出了第一个工作任务，征集志愿者参加。看到信息的于笑野正准备接下任务，却遭到了父母的坚决反对。父母认为，在居家隔离的大背景下，"逆流前行"可能会将自己暴露于被感染的险境之中。父母关心的话语让他的心头一阵温暖，却没有动摇他参与志愿工作的决心。"在大难来临之际，正需要我们每个人都出一份力，我又怎能退缩？而且我现在正年轻，身体抵抗力相对来说高一些，再加上政府和共青团志愿协会给我们提供严密的防护，我也能在最大程度上保护好自己。"经过和父母认真的交流谈心，于笑野最终打消了父母心中的顾虑，第二天如愿上岗。

人人为我，我为人人

2020 年 2 月 7 日清晨，安静的船营社区多了几道忙碌的身影。这是于笑野作为志愿者的第一个任务——入户排查及消毒。为了志愿者的安全，也为了减少对居民生活的干扰，他和志愿者伙伴们对住户先进行"隔门喊话"，确认户主和联系方式；进而再电话联系，询问家庭成员信息、近期出行史和接触史等具体内容。"每个人都身着保暖衣和厚厚的防护设备，加上不停地爬楼梯，不一会儿就捂出了一身汗。"

3 天的排查与消毒后，于笑野与另外 3 名志愿者一同去为坚守岗位的环卫工人分发口罩。"多数环卫工人没有新口罩，一家人只能轮流戴着旧的发黑的口罩出门。还有少数环卫工人一个口罩都没有，只好拿一小块布料遮住口鼻。"工人们的糟糕处境，令于笑野感到震惊的同时，也让他心酸不已。结束工作之际,于笑野看到一位白发的老奶奶正吃力地推着垃圾桶。他上前帮忙,老人却制止说,"别脏了你们的手"。他默默地取出一只口罩,小心翼翼地为老人戴上。老人用乡音反反复复地念叨着"雪中送炭""谢谢孩子"。

11日,于笑野转到通化火车站工作。恰逢春运返程高峰,火车站人流密集,排查工作容不得一丝马虎。但是在采集个人信息时,常有人因为各种原因,不愿配合信息采集,甚至对志愿者的工作表现出极度不耐烦和反感。但于笑野和伙伴们深知信息采集的重要性,他们竭尽所能地、耐心温和地对来往人员进行解释,安抚着人们的情绪。

体会奉献的意义

于笑野在守护着家乡的同时,也在守护着家人。喷洒酒精已成为他必不可少的防护措施。他每天进家门前都会先往身上喷点酒精,把外衣直接放到洗衣机,而自己则会马上去洗澡。"对家乡负责,也要对亲人

负责，更是对自己的选择负责。"

在志愿工作中，于笑野始终将"精准"两个字刻于心间，"在最合适的时候以一种最有效的方式，把我们有限的力量、把我们的爱心送给最需要的人"。于笑野和青年志愿者协会的伙伴们在一次次走访中了解环卫工人、医护人员等各类岗位工作者的困难，一点点把关爱带到他们的身边。

在忙碌而辛苦的工作间隙，于笑野将他的感悟记录了下来。他在工作心得中写道："穿'红马甲'的日子，我一生难忘。它就像是飘扬的旗帜，教会了我奉献的意义"。他曾以为，奉献是要做大事，有大成就。但这几日的志愿者生活，却让他意识到："奉献，哪怕只是一件小事，只要你是发自内心地想为这个国家、为这个社会、为他人去做点什么，那就是在奉献"。

天气逐渐转暖，于笑野却从未停下奔走的脚步。疫情还在继续，希望却已透过冬日的冰雪，悄悄地来到人们身边。他坚信，如果每个人都多一分努力、多一分付出，所有人就会多一分温暖，多一分信心。他总会想起那位推着垃圾桶的老人，"我们都是为他人解决困难，这也许就是奉献吧"！

【CUPL 正能量第 193 期】陈胜：江城摆渡人

文 | 团宣通讯社　路梓暄　郎朗　冯思琦

引言："床位紧张，我们必须抢着把病人送到医院。"2020 年 2 月中旬的一天凌晨，武汉市东湖高新区关东街道办事处疫情防控指挥部办公室传来了一阵急促的铃声，陈胜又一次在单位醒来，他接到上级的指令：现在有一批新的感染者需要立刻入院。他迅速从躺椅上起身，跑向救护车驾驶位，屋外的天空还是一片黑暗，只有几颗星星散发着微弱的光亮，陈胜和伙伴们半个月来不知见过多少次这样的夜空……

人物简介：陈胜，中国政法大学 2008 级政治与公共管理学院本科生，湖北省罗田县人。就读本科期间，他志愿参军，成为一名海军战士。2017 年硕士毕业后，他受到"中国光谷"人才引进战略感召，回到家乡湖北，入职武汉市东湖高新区管委会，分配到基层岗位，成为关东街道办事处一名副科级干部。2020 年 2 月 6 日返

汉工作至今，陈胜每天送重症病人去雷神山和火神山，接方舱的病人出院，截至 3 月 7 日，他和团队伙伴接送的病人已经超过 1000 名。

逆行：海军战士的勇敢

2020 年 1 月 23 号，新型冠状病毒肺炎疫情的愈加严峻，此时因女儿风寒生病而从武汉回到老家的陈胜满是担心，他的同事、朋友大多还在武汉。他通过朋友圈了解到武汉疫情的严重性，看到基层抗疫的艰辛，200 多公里外的他特别想做点什么。

面对不可知的疫情风险，家人对陈胜想要回到一线战斗的想法并不支持，回到武汉、回到一线的同时也意味着感染病毒的可能性更大一些。一面是家人对他安危的顾虑，一面是自己不能奋战一线的焦虑，陈胜满是矛盾。"谁也不知武汉将走向何方，武汉伢儿迎来何种命运，但这是我选择终老的城市，定要义无反顾。" 2 月 6 日隔离期满，加之女儿咳嗽发烧等症状大为好转，陈胜下定决心返回武汉，"当天我就值了第一个夜班，可以说从那天晚上到现在，我就没有真正地休息过，的确很累，但这是我应该做的"。

高强度的工作需要强大的意志力和良好的身体素质，这与陈胜两年多的军旅生活密不可分。

时间倒回 2011 年 12 月，那时的陈胜还是一名即将毕业的在校大学生，他被"大学生参军入伍政策"吸引，加之一直以来对军旅生活的向往，选择加入南海舰队，成为一名光荣的海军战士。"劈海巡洋消阻遏，凌空翔宇为图强"，两年来的军旅生涯让陈胜至今回想起来仍心潮澎湃，"这段生活对我最大的塑造就是勇敢，敢于做一些事，敢于说一些话，敢于迎难而上而不是畏手畏脚"。

摆渡：传递沉默的善良

军旅时期塑造的勇敢品格一直伴随着陈胜奔走一线，穿梭方舱接送病人，护目镜上结了一层厚厚的水汽，在大多数人选择宅在家的时候，陈胜和他的同伴们成为最美的逆行者。"我们大多数人都是一种沉默的善良，都在最不起眼的地方与角落发光发热"，从统计数据整理信息，到接打电话逐户排查，再到驾驶着救护车奔走在武汉三镇，行走在一线的陈胜亲历着这个不平凡的冬末春初，也用自己的光热等待一次次治

愈、一个个新生。

1000 余名患者，让陈胜流下热泪的有太多太多，生死面前，陈胜与病人间结下了深厚的友谊。疫情初期床位紧张，确诊的患者未必能够立即入院救治，可能要辗转多家医院才能找到床位。2020 年 2 月 20 号晚上陈胜和战友一同接送一对母女前往医院进行检查，由于排队人数多，半夜 11 点多检查结果还迟迟未出，彼时的武汉实行严格的交通管制，一旦不能入院，这对没有私人交通工具的母女很可能在医院过夜，陈胜不断地安慰那位焦虑的妈妈"我们一起陪你等结果"，凌晨检查结果出来，女儿被确诊，由于医院第二天才能有空床位，陈胜又连夜把母女二人送回隔离酒店，第二天上午接她们入院治疗。分别时，母女二人热泪盈眶，和陈胜约定疫情结束后一定要和战友一起来家里做客，陈胜看着小女孩的笑脸，也笑着回复："好！一定要是大餐啊！"

记录：迎接江城的复苏

30 多天来日夜交替的高强度工作，24 小时待命，和团队一起争分夺秒地运送 1000 余名患者——老人、孩童、孕妇、残疾人，陈胜流过太多的汗水与泪水，"我仿佛又做回了一名战士，一辆救护车就是我的作战平台"，2020 年 2 月 20 日深夜，陈胜在儿童医院发出了这条"现场的声音"。

从 2 月 6 日回到江城投身一线

工作起，陈胜就习惯性地在朋友圈记录下这些"现场的声音"，把他在疫情中的所见所闻传递给网线另一端的亲人朋友。

"2月18日，又将2个感染病人送到雷神山医院，今天无中断辗转火神山、武汉客厅方舱、雷神山，实现完美无缝对接！"

"3月1日，接力团队从方舱、医院等11个点位接回治愈患者60人。"

1个月来，陈胜用镜头和文字记录下100余条最真实的声音，"我想要让更多人看到最真实的基层，听到一线群众的声音"。从送患者入院，到接康复者出院，身为摆渡人、记录者的陈胜用每日更新的"现场的声音"，传递出一座城复苏的希望。

无数个日夜，无数次来回，无数场跨越生死的摆渡，奇迹背后，是一颗颗愿意坚守的赤子心。在大时代的宏大叙事下，去关注一个个小人物的真实存在，就像他在朋友圈里引用了大仲马的那句"人类的一切智慧都囊括在这两个词中：等待和希望"一样：明天，在漫长的等待过后，还有无限的希望。

【CUPL 正能量第 194 期】雷蕾：愿做身边人的暖阳

文 | 团宣通讯社　刘予欣　梁雪炜

引言：医院幽暗的长廊里，身着防护服的医护人员正在来回穿梭。空气中弥漫着消毒酒精的气味。在没有硝烟的战场上，雷蕾便是这支白衣军团的一员。刚刚帮助医护人员准备药品的她，还没来得及吃几口饭，接到指令后立刻投身于分发口罩的工作中。这是雷蕾的假期，也是成千上万名奋斗于一线的医护志愿者的工作缩影。

人物简介：雷蕾，光明新闻传播学院 2016 级本科生，接受过护理方面的相关培训，母亲是黑龙江省双鸭山市仁爱医院的医生。在疫情防

控期间，雷蕾主动请缨，前往仁爱医院担任志愿者，仁爱医院是当地的后备医院，非呼吸感染类疾病的各类病患大部分会选择不收治感染和疑似感染者的后备医院就医。工作在抗疫一线的雷蕾，协助医护人员从事各种繁琐的工作，减轻了医护人员的工作压力，以乐观积极的态度感染着周围的人。

我是医生家属，我义不容辞

当其他人在家中，时刻关注着3个变化的数字时，有一群人已经整理好了行囊，走在了抗击疫情的路上。雷蕾就是这群人中平凡的一员，疫情蔓延时期，她第一时间参与到医院的相关工作中，成为黑龙江省双鸭山市尖山区仁爱医院的一名志愿者。

疫情暴发时，正值春节假期，很多医护人员已经返回了家乡。在医院人手不足的情况下，受过护理方面相关培训的雷蕾义无反顾，第一时间就前往了母亲所在的医院，主动请求参与工作。"由于已经提前了解过相关的操作，尽管是第一次操作，也并不觉得很紧张。"雷蕾这样回忆道。

这份坚毅，阐发于对他人的关心，也传承自母亲的职业情怀。雷蕾的母亲是仁爱医院的一名中医，在疫情期间主要负责接治其他病人，为一线医院分流，同时为医院的工作人员配置预防药品。中医用药因人而异，因此雷蕾的母亲需要根据每个人的情况开具药方，"繁忙的时候，妈妈一下午大概开了上百个方子"。这份对母亲的敬佩是支撑雷蕾前进的动力，使她全身心投入抗疫事业，各个病房经常可以看到雷蕾忙碌的身影。

"我是医生家属，我义不容辞。"迈入医院的那一刹那，雷蕾用微笑展现心中的从容，她的眼中满是自信与果敢。

认真对待每件事情

辛苦且繁杂是雷蕾工作的生动写照。疫情的缘故，大部分非呼吸感染类疾病的各类患者会选择后备医院进行治疗，而仁爱医院作为当地的后备医院，患者人流量显著上升。来到医院后，雷蕾成了一颗螺丝钉，哪里有缺口就顶到哪里，"给医疗器具消毒，帮着抓药拿药，推重症病人去做检查，给大家送餐，在各个病房帮忙"。这是雷蕾的工作写照。

事无巨细，一丝不苟，认真永远是雷蕾对待工作的第一准则。医院是救死扶伤的圣地，医护人员任何一个失误，都有可能造成难以估量的后果。为此，雷蕾用心认真对待每件事情，要求自己避免出错。因为疫情期间医院会限制探视护理人员，所以雷蕾更多地会忙碌在各个病房里。无论是什么工作，无论在哪里工作，雷蕾都能做得无可挑剔。那一句句来自医护人员和患者的赞誉，便是对她最大的认可。

工作中的雷蕾从不抱怨，她的眼里永远充满着对工作的热爱。雷蕾经常参与到转移重症患者的工作当中，有一次她与另一位体重达到200多斤的志愿者一起转移一位重症患者，这位患者说，之前没有感染时他也有200多斤，那一刻雷蕾心中五味杂陈。当提及医院的工作是不是很累时，雷蕾这样回答："其实也不是很累，只要能帮到别人，我觉得这样忙着也十分有趣。"在雷蕾的眼中，只要能为他人带去温暖，再苦再累的工作都充满了意义。

工作中雷蕾总是带着微笑，给患者、志愿者和医生带来了浓浓的暖意。

每一位医护人员都是英雄

雷蕾永远像阳光一般，让每个人感受到满满的温暖。

无论是义无反顾地奔赴前线，还是无怨无悔地奉献真情，雷蕾总是用积极的态度去思考、行事，"对我来说帮助他人是件天经地义的事情，无论何时只要我有精力、有能力都会去帮别人忙"。雷蕾把救死扶伤看作是一种与生俱来的责任，在这种情感驱动下，她积极投身于志愿工作中。

乐观的心态是雷蕾坚固的盔甲，保护她自由地追寻内心的想法而无所畏惧。当有人问雷蕾，你来这里当志愿者难道不怕被感染吗？雷蕾总会笑着回答他们："我真的没有担心过。"她最动人的笑容慰藉了所有人的心灵。

雷蕾说过，每一名医护人员都是英雄。"我想对医护人员说，感谢你们守护着人间万家灯火，我与你们同在。"妙手回春，春满杏林，相信在医护人员的努力下，黑暗终将消失殆尽；"虽然我们可能会经历一些困难，但是前途永远是光明"。

长夜终有尽头，春风不忘神州。春风必能驱散阴霾，阳光终将照亮未来，雷蕾不会停止她前行的脚步。正是因为有千万个不畏艰难在一线奋力抗争的医护人员和志愿者，我们才看到了希望。"只要大家相信希望，希望也一定会眷顾你的。"雷蕾如是说。

【CUPL 正能量第 195 期】法大研支团：
普法战"疫"云播客

文丨团宣通讯社　冯思琦　李梦瑶　郎朗

引言："从没想过有一天自己也能成为主播，面对着镜头既紧张又惊喜。"

从讲台到云端，方寸屏幕成为普法的先行地。互动提问、动画展示、课后答疑、预先彩排、视频剪辑，都成为第 21 届研究生支教团成员的"直播秘籍"。

23 名志愿者，就这样在云端打响了普法战"疫"。

简介：中国政法大学研究生支教团"明法计划"是由共青团中国政法大学委员会指导、第 20 届研究生支教团发起的，依托学校优势学科资源，规范组织法律普及的实践活动。

受新型冠状病毒肺炎疫情形势影响，为响应国家依法防控号召，引导广大学生深入了解疫情防控工作相关的法律知识，自 2020 年 2 月起，学校第 21 届研究生支教团面向山西石楼、新疆阿勒泰、河北阜平三地的学生开展了第三期"明法计划"疫情防控相关法律问题宣讲活动，截至 2020 年 2 月 28 号，共开展线上普法活动 12 场，覆盖约 4000 人次。

同心战"疫"，普法先行

新春伊始，受疫情影响，山西石楼、新疆阿勒泰、河北阜平三地的研究生支教团成员陆续接到延期返校的通知，并开始着手准备线上教学工作。"在这场战'疫'行动中，我们看到各行各业都在贡献自己的力量，于是想把'明法计划'与这个特殊的时间节点结合起来，向孩子们普及一些法律知识"，出于这样的考虑，研支团的成员们商议修改了原定于 3 月底推行"校园安全普法"的计划，选择在疫情期间依托我

校学科优势，开展防疫普法活动。

3个地区的支教团面对的学生年级跨度较大，涵盖了从小学一年级到高中二年级的各个年龄段，因此如何选择合适的主题，用学生可以理解接受的语言讲述法律知识，成为成员们思考的首要问题。

考虑到支教团面向的年级、人数都存在差异，3个服务地分团选择、分别编制讲稿，注重与课本知识的衔接性，尽可能地和学生们的知识储备相契合。在面对初二学年的普法中，新疆支教团的周依和山西支教团的耿梓豪在筹备《"天价口罩，焉有此理"——疫情期间哄抬物价的法律责任》一课时，特别注重了与该学年《道德与法治》课程的融合，借助疫情期间哄抬物价的实例讲解"破坏经济活动秩序的行为表现"，向学生科普相关法律知识。

为保证讲稿的准确性和专业性，研支团的成员特地联系了刑事司法学院于冲老师帮忙审阅修订稿件。尽管处于假期之中，但于老师欣然答应了支教团同学们的请求，并快速为同学们审核修改了 12 篇讲稿。2020 年 2 月 17 日，12 篇讲稿正式敲定，普法战"疫"即将打响。

三地联动，翻转课堂

2020 年 2 月 23 日下午，河北分团的"云主播"潘玥和张雪倩早早就守候在直播间，期待着她们通过钉钉首次直播亮相。这是一次需要二人配合的特殊云课堂，张雪倩的电脑麦克风无法正常使用，而潘玥的电脑留在了支教地没有带回家，因而没办法播放 PPT，最终两人商议由潘玥连麦进行普法宣讲，张雪倩使用电脑播放 PPT 实时配合。尽管预先进行了两次彩排，第一次化身"云端主播"的二人还是不免紧张，"很担心哪个环节衔接得不好，影响了课堂效果"。同一分团的成员张钰在直播结束时说："宣讲时，同学们都给予非常积极的配合，正因为这样，我们的直播才能顺利开展。"

与此同时，山西和新疆两地的普法课堂拉开了序幕。在阿勒泰，新疆分团联合共青团阿勒泰市委员会发起了"明法计划"云课堂，邀请支教服务地的学生共同撰稿，由支教服务地学生主讲，探索将"研支团成员→支教地学生"的单向式课堂普法模式转变为"法大青年+新疆少年→全社会"的分享式社会普法模式，引领新时代少年发自内心热爱法治、发自真情拥护法治、发自认同推动法治，为普法战"疫"贡献了凝聚着党员、团员与少先队员的合力，汇集着青年与少年的智慧。

这个过程中，新疆分团的7名成员们各司其职，在文稿撰写、拍摄对接、宣传联络、课堂反馈等全流程配合紧密，支教服务地的学生主讲

人王泓懿为了5分钟的视频要反复调整一整天，对近2000字的讲稿主动提出脱稿表述，甚至自制补光板提升效果。自"明法计划"云课堂面向社会推出以来，共获得2800余次的点击量和535条学习留言。以此为基础，新疆分团开启了"领航式"云伴学模式。

志愿法大，奉献微光

在山西分团"云主播"陆娇的直播间，《不信谣不传谣，争做理智小先锋》引来了学生的积极讨论，大家在评论区频繁地和老师进行互动，"在疫情面前，我希望我们是以老师的身份来告诉他们事实的样子、生活的样子、法律的样子，而不是冰冷的图表数据，我想这是有意义的"。山西分团在开展线上教学与普法宣传的同时，还灵活调整了"法大班励志助力计划"的工作模式，组织学生进行"每日打卡"活动，通过设定一个个小目标，激发学生的学习热情。

从每一年的"12·4宪法宣传周"到面向社区农牧民群众的"明法大讲堂"、面向学生家长的"周末法治学校"……法大研支团的成员们坚信：法大青年所立之处便是法大所在之处。他们不仅是支教地区的学子之师，更是法大奔向祖国各地的法治之光，对于社会责任的担当，他们不仅融汇在课堂里，更落实在行动中。一代代研支团的成员们坚守到西部去、到基层去的志愿初心，无论线上还是线下，他们将法大学子的社会担当融入支教扶贫的分分秒秒。

"'法大青年支疆行引领在疆少年之将行'是我们的目标！做好法治课堂教育的同时，也引领学生们参与到社会普法的大框架中，探索具有法大特色的育人与普法相结合的支教新思路。"新疆分团的崔赫这样憧憬着研支团普法支教的未来。在线上授课的同时，成员们也盼望着回到讲台上的那天，"在春回大地之际，我们会在校园里、在阳光里、在课堂里重逢"，喻靖凯这样说。

待到熏风再起，枝叶婆娑，23 名成员用爱与希望点亮的微光汇聚成一条璀璨光河，彼时就像大家期望的那样，又是一年春绿。

雪融草青，莺啼鸟语
研支团的普法云课堂还在继续
他们伴着拂面的春风
在孩子们心中播种了一颗法治的种子

待它破土而出，蓬勃生长
让希望蔓延到更远更远处

【CUPL 正能量第 196 期】王诗琦：线上抗疫志愿者

文 | 团宣通讯社 李元嘉 孙维昱

引言：晚上 8 点，王诗琦照例坐在电脑前，制作当天的"防疫"工作简报。简报要求工作涵盖全面、分点清晰、责任明确，她逐一校对工作情况与人员名单，细细斟酌语言。因久坐劳累而受损的腰肌，不允许她长时间保持姿势，她时不时地挺一挺身子，伸直了腰继续敲击键盘。这是王诗琦每天的工作，也是她参与疫情防控工作的独特方式。

人物简介：王诗琦，国际法学院 2018 级本科生。在寒假中，她帮助"志愿北京"创建心理咨询平台，完成"从心开始"项目组的筹备和宣传工作。她在统筹组中，负责志愿者信息统计、项目组工作安排、跟踪工作进度、制作工作简报等工作。她原本计划参与社区防疫志愿工作，但因腰伤复发无法成行，但她依然通过线上志愿的方式，为疫情防控尽自己的一份力。

总有办法尽一份力

2020 年 2 月 7 日，疫情防控工作进入了关键时期，王诗琦急切地希望能够为防疫工作做些什么。但是前些天，她的腰伤复发，让她无法长时间运动和站立，不能参与社区的志愿活动。这天晚上，王诗琦熬到很晚，正在难过之际，青年志愿者协会发布了招募线上志愿者的推送。"线上志愿同样能够做出贡献"，王诗琦毫不犹豫地报名参加活动。

线上的志愿工作，主要是志愿者的管理。王诗琦所在的项目组主要负责抗疫剧本的征集与宣传工作。王诗琦在校期间一直做团学工作，在行政工作方面有着丰富的经验，于是她报名加入了统筹组，并担任组长。每晚8点半，王诗琦会准时发布工作简报，而她在8点就会开始制作文案。其余时间，她会追踪群内消息，并与负责的老师沟通发布要求，老师也常常会与她沟通项目进展。

开学之后，志愿者们忙碌了起来，但是疫情还没有结束，他们就不能停下手中的工作。王诗琦与其他志愿者同老师进行了沟通，决定暂时停止线上电话会议，但每晚仍照例发布工作简报。王诗琦在周一和周二有晚课，所以她会提前制作好简报，确保按时发送。其余时间，她都会在晚上8点钟准时开始工作，在完成学习任务的同时，不影响志愿工作的开展。

线上同样有意义

线上的工作同线下一样，有着许多温暖。最开始加入项目组时，王诗琦并不了解项目的内容，老师向她介绍了项目情况，并与她沟通了以后的工作安排，"短短20分钟的语音电话，我可以听出老师对我们的信任与对这个项目的期待"。老师的信任，带给了王诗琦很大的工作动力。

特殊时期，"隔空对话"也能传递信任与感动。王诗琦与同伴们拍摄的第一个视频，是由首都师范大学青年志愿者协会收集和筛选的，王诗琦负责联系作者与安排拍摄。剧本的作者非常支持他们的工作。按照计划，作者只负责出演和拍摄最基本的视频，但这位作者精益求精，不但创作了画外音，还承担了原本属于美工组的剪辑工作，最后，他一共录制了两个不同版本的正片以及多个简易版。王诗琦很受感动，"他一直和我们沟通所有的细节，让我感受到了青年大学生的责任感和对祖国的热爱"。

统筹协调的工作，也有很多的难处。志愿者们来自各个大学和公益组织，大家的空闲时间各不相同，沟通受到局限。为了处理好沟通问题，王诗琦与同伴们进行了3次电话会议，同各组负责人细化沟通方案；又分成了4大队共8个小组，逐层通知，实现沟通的全覆盖。即便在开学之后，王诗琦也通过不断调动大家的积极性，鼓励志愿者在有效平衡学习精力的同时，尽可能地推进项目。

距离虽远，心却相近

虽然线上工作的志愿者们身处异地，但他们的心却离得很近。王诗琦的项目组里，来自法大的志愿者大多是2019级的师弟师妹，所以她总会对同伴们说上一句："辛苦师妹（师弟）啦！"但有时事后才发现是同级的同学。对于师弟师妹们，王诗琦总是将工作和生活分开。在工作上，她追求严谨细致；在生活上，她则是一位贴心的朋友，为他们带去细致入微的关怀。

工作中遇到了难处，伙伴们总是共同来解决。有一次，统计志愿时长的工作可能有错误，需要源文件重新核对，王诗琦拜托首都师范大学的朋友重新发送志愿时长统计表格，得到了朋友热心的帮助。"她人特别好，而且很耐心，我和她对接工作非常顺利。"王诗琦也会跟组内的师兄沟通，工作压力大的时候，师兄常常安慰和开导王诗琦，并主动帮忙承担一些工作。

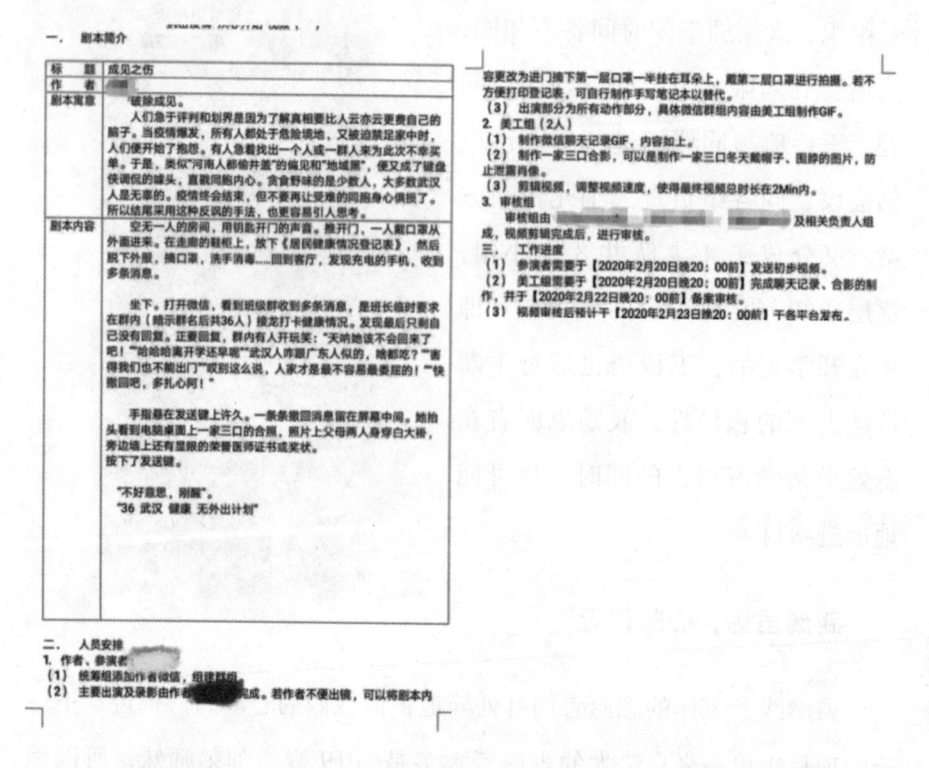

线上的防疫志愿工作，不仅给了王诗琦一个为疫情防控做出贡献的机会，也让她感受到青年人对这次疫情的关心与奉献的热情。对于自己而言，她也更加懂得如何能够最大程度地调动大家的积极性，从而在忙

碌的学习工作中完成共同的目标。"大家有了一个共同的目标是聚在一起的基础，而他们相信我，愿意和我一起，才是我们共同坚持下去的动力。"

王诗琦是疫情防控工作中的一个平凡志愿者，但她努力奉献，感召着更多的人。虽然不曾谋面，但她和同事们却已经成为亲密的朋友。她将会与伙伴们一起，继续用自己的方式，在疫情的阴霾中照出一片光明。

【CUPL 正能量第 197 期】梁珺：
从"新"开始，用心做起

文丨团宣通讯社　杨豫　徐菡蕊

引言：微信屏幕快速闪动着，提示着新任务的发布，刚刚站起身的梁珺立马重新坐回桌前，面对不熟悉的制图任务，她犹豫了片刻，最终还是坚持接下了。搜索 Photoshop 操作指南，一键一键地尝试，一遍一遍地重来……九张图耗费了整整一个下午的时间，梁珺却心满意足，第一次的成品让她欣喜，也让她体会到了为"抗疫"出力的成就感。

人物简介：梁珺，中国政法大学社会学院 2019 级本科生，校青年志愿者协会红十字部成员，热心公益，高中阶段其家庭曾获"优秀义工家庭"荣誉称号，本人多次获评"优秀义工"称号。进入大学以来，她多次参加志愿活动，新冠肺炎疫情期间，她积极投身于线上志愿服务工作，通过网络号召更多的人为抗击疫情贡献力量。

不会做，可以学

2020 年 1 月下旬，不断攀升的新冠肺炎感染病例数仿佛一只无形的手，揪紧了无数人的心，这其中也包括梁珺。作为一名大学生，紧张与焦虑更让她感受到了肩上的责任，可"具体如何做"，她却毫无头绪，"真的很想亲自为一线做点什么，哪怕是搬运物资也行，甚至会有点遗憾自己没有学医"，即使是从小学到大学都从未停止过志愿活动的她，却也在疫情面前倍感无力。

终于，梁珺等来了中国政法大学青年志愿者协会红十字部转发的关于志愿者招募的信息，兴奋地点开链接，映入眼帘的却是此前从未接触过的"云志愿"——以互联网为媒介的志愿活动。即便是志愿经历丰富的她，也生出了一丝对未知的担忧，但一想到那攀升的数据、揪心的新闻以及内心对提供帮助的渴望，顾虑也随之烟消云散。梁珺坚定地选择加入线上志愿者的队伍，随后她又认认真真地写了一份长达 600 余字的自我介绍，其中囊括了她自小学以来诸多志愿经历，敲下最后的句号时，她长舒一口气，但稍作思考后，她又在自我介绍中加了四个字——"我可以学"。

抗疫首战，从 PS 开始

2020 年 2 月 11 日，梁珺正式通过网络招募选拔，加入了中国心理卫生协会妇女健康与发展专业委员会组织的"抗击疫情，从'新'开始"赞助组，但由于活动尚处起步阶段，工作重心在宣传方面，赞助

组任务较为轻松，于是闲不下来的梁珺又加入了微博宣传组，兼职微博平台的宣传工作。

加入宣传组后，梁珺开始了解工作流程，同时也利用自己的专业知识为一些宣传稿件和视频提意见。一天中午，梁珺等来了第一次任务——将信息以九图的形式发布在微博上，对于宣传工作者而言，这项工作并不困难，可对于从未接触过PS的梁珺，却是一次不小的挑战。短暂的犹豫后，她最终决定接下这个任务，"我的工作就是制图、发微博，不如尽快开始学习，将问题早一点解决"。

接下任务后，梁珺就立即开始学习制图，她逐一将组长推荐的软件下载下来，又在百度上搜索了许多经验和教程，但紧张的情绪还是伴随着她，"非常怀疑自己能不能做好，毕竟是需要发微博面向公众的"。在责任感与压力之下，梁珺不放过每一处细节，对字体的选择、大小以及位置等都进行反复斟酌。为了找到最合适的字体，她几乎下载了软件中所有字体种类，并对这十几个字体一个接一个地进行尝试、对比。一个多小时过去了，第一张图逐渐呈现出理想的模样，然后是第二张、第三张……九张图全部完成时，已经是黄昏了，看着面前稍显稚嫩却很是精致的图片，一下午的疲惫都被涌上心头的喜悦冲刷得一干二净。

法大人的"致公情怀"

"聚是一团火，散作满天星"，志愿者们用一颗颗跳动的心，交织成温暖的乐章，也感染着加入其中的梁珺。"与一群志同道合的人一起做志愿是件非常开心、令人满足的事"，更让梁珺骄傲且感动的是，此次志愿活动招募范围虽然覆盖了整个北京市，但她还是遇到了数十位来自法大的志愿者，其中不乏有一些担任了重要的职位，更有多位非常出

色的组长。这既让她看到了年轻法大人的才华和风采，也让她体悟到了法大校训中的"致公情怀"——一种为公众服务的意识和强烈的责任感。在如此严峻的疫情面前，个人的力量始终是有限的，但有一颗愿意付出的心、能尽一份自己的力，有一分热、发一分光，为国家、社会甚至身边每一个小小的个体带来一丝温暖与力量，就是对"致公"二字最好的诠释。

"不求有什么卓越的贡献，只希望我们的付出能给你带来刹那的温暖与安心"，这不仅是梁珺，也是疫情期间许多法大志愿者的心声。同一个家园，同一份责任，梁珺并不是孤身一人在奋战，还有很多和她一样内心火热的年轻人，在每一个小角落，如萤火一般，散发着光热。

"或许我们很多志愿者没有机会站到一线抗击疫情，但是我们会努力让一线人员没有后顾之忧，努力让恐慌的人们不再害怕，努力做他们的后盾！"即便是在许多人忧虑无措之时，梁珺和其他年轻的法大志愿者们也并不孤独，通过亲人、校友、老师甚至网上的陌生人，她们将温暖的善良从四面八方汇聚成祝福和勇气，传递着名为"致公情怀"的接力棒。

【CUPL 正能量第 198 期】王娜：
公益直播间里的"主播"

文 | 团宣通讯社　路梓暄

引言：点开"哔哩哔哩"，在搜索栏输入"公益课堂高中部"直播间，"老师我来啦""绝不咕咕"……一条条弹幕在王娜眼前掠过，2020年2月2日8时30分，王娜打开课件，一节不同寻常的英语课在这里准时开始。看着屏幕上学生们从未间断的回应，王娜的嘴角不禁泛起了微笑，淡淡的温情在这小小的直播间蔓延开来……

人物介绍：王娜，中国政法大学刑事司法学院1705班（西语实验班）学生。新冠肺炎疫情期间，中央民族大学、中国政法大学等高校本科生自发组织了网络授课。在高考艺考公益直播课堂里，他们利用网络平台直播以及录屏回放的形式免费进行授课。王娜，就是团队成员之一。

善良需要传递

疫情暴发后，身在宁夏的王娜一直希望为受到疫情影响的人们贡献自己的一分力量，无奈种种客观原因，她并没有找到合适的渠道。但她并没有因此放弃，在发出朋友圈询问后，2020年2月1日，王娜收到了来自中央民族大学同学的一条微信消息，由此，她正式加入了"公益课堂"，成为高中部的一名网络英语老师。而在她加入之前，这个组织才刚刚成立两天。"我一直想把我收到的善意再传递出去"，回想起在加拿大的经历，王娜的内心仍然会泛起感动。不久前，独自前往加拿大进行交流学习的她，在朋友、家人甚至是陌生人的善意和关怀之下，克服很多挫折、走出了困境。

当她在国外的学校图书馆遇到陌生男性的骚扰时，她试着向图书馆

管理员求助。管理员非常尽责，不断询问王娜的心理状态，还提出让她一起去办公室学习，并且迅速通知校警，校警不仅及时赶来咨询了相关信息，后来也一直与王娜发邮件联系，保障她的安全。管理员和校警让一个离家万里的留学生切实感觉到了温暖和安全感。这让王娜相信，世界上总会有善良的存在。在这个特殊的疫情时期，她也想把心中的善良传递到最需要的地方，帮助那些困境中的人们。

信任——最好的肯定

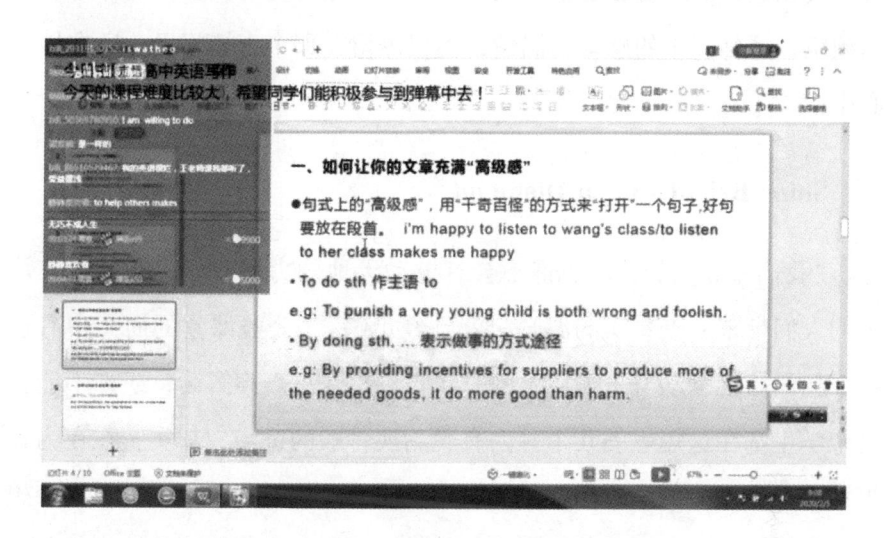

公益课堂高中部主要在"哔哩哔哩"网站进行直播，"'b站'直播非常方便，年轻人很习惯，家里也有电脑等必要的设备。"因此在准备直播的过程中，王娜基本上没有遇到什么困难，而且由于王娜自身比较擅长英语，大一到大二也都有做英语私教和法大雅思托福志愿者的经历，她选择了为高中生们讲授英语，备课与讲授也都很顺利。让王娜很开心的是，她的课堂氛围一直很好。在课堂上，王娜的语言风格生动幽默，同学们也会积极通过弹幕发言，在教学问答之余，很多学生还会和王娜开一些善意的玩笑，师生相处的感觉更像是朋友，还有学生主动报名成为王娜的"野生课代表"。相对于之前的教学经历，这是王娜第一次成为一名"主播"。她能很明显地感受到课堂更加多元化，弹幕互动也增强了上课的趣味性，"如果说以前做私教是'迫于生计'的话，这次就是实打实的喜欢我的学生们，我想倾囊相助"。

在王娜看来，学生们对她的信任就是对她努力的最好肯定。天南海北的同学们，因为疫情相遇在一个小小的直播间，他们中的很多人今生都不会见面，而王娜也触摸不到屏幕中一张张可爱的笑脸，但那顺着网络缠绕，蔓延开来的感动与温情，不仅停留在那个直播间里，还在她的心中。

Shine Bright Like a Diamond

"我们一点点的行动也许不会有撼动天地的力量，但只要能给焦灼中的人们带来一点真实的温暖，就已经足够。"公益课堂的简介中有这样一句话始终触动着王娜。她的一句句讲授、一声声解读，或许不能让每个学生都在这短短的几个月内有脱胎换骨般的进步，却实实在在为在疫情中无法返校的学生们提供了另一条获取知识的途径，让正在为梦想奋斗的他们多了一份助力和安慰。在王娜看来，虽然她只是一个普通的大学生，在做着普通的事，但她试图在疫情期间带给人们一点温暖。她始终认为，再小的个体也能帮助别人，也能"shine bright like a diamond"。

就像王娜一直坚信的那样，永远都不要怯于帮助别人。"帮助他人其实并不是全然利他的，甚至可以说是有点'自私'的，因为我在这个过程中收获的快乐和自我满足要远远大于自己的付出，甚至学生在弹

幕里的一句小夸奖能让我快乐一整天，在备课时一想到他们可爱的互动心里也暖暖的。"这一次"非一般"的教学活动让王娜懂得"教学相长"的深刻内涵，她希望自己可以成为一个怀有善意的人，拥抱这个世界，帮助更多的人，让那份温暖的善意永远传递下去。

"我们各自努力，最高处见。"这是王娜想要传递给她的学生们的一句话。和平年代本无英雄，但疫情当前，人人可为"英雄"之举。就像那些不顾安危、告别家人奔赴武汉的医护人员。"英雄"只是一个个普通人做着自己力所能及的事，保护着他人的梦想与希望，前仆后继地努力、不辞辛苦地跋涉。心怀善念、点燃火炬，帮助他人寻一处光亮，也许，那也正是助人者自己所向往的光明方向。

【CUPL 正能量第 199 期】"防疫普法"微课堂：法律援助的青年力量

文丨团宣通讯社　路梓暄　徐菡蕊　冯思琦

引言：5000 余字的稿件，20 多次的修改，从主题选择到文稿审核，从视频录制到推送制作，法援志愿者们依靠扎实的专业知识，在云端建立起"'防疫普法'微课堂"。"疫情是难以预计的，我们如果想坚持最初的追求，就要思辨"，2017 级本科生杨斯诺说道。140 余名法援志愿者，借助新媒体将法律知识带去更远的地方，续写着法大法援的云端故事。

中国政法大学 CHINA UNIVERSITY OF POLITICAL SCIENCE AND LAW

中国政法大学"防疫普法"微课堂

第二讲：疫情期间的消费者权益保护问题

讲解：研究生法律援助中心 张之光
制作：研究生法律援助中心 刘晓宇、李梦媛、黄春林、夏文燕、张之光
审核：研究生法律援助中心 王韵洁

法律援助咨询邮箱：fayuancupl@163.com

CUPL

团队介绍：又是一年军都春至，限于疫情期间不能返校的现实条

件，中国政法大学"1502"新时代青年知行社联合研究生会、青年志愿者协会、研究生法律援助中心、准律师协会、农村与法治研究会等多个学生组织社团，组织140余名志愿者共同开展法律咨询、法律援助、普法讲堂等线上普法志愿服务活动。

志愿者们积极进行防疫法律知识普及，开设"'防疫普法'微课堂"栏目，择取疫情期间常见法律案例、分析相关法律问题。截至文稿完成，共推出"'防疫普法'微课堂"三期，课堂内容涉及劳动合同、消费者权益保护、员工复工等多个方面。

中国政法大学准律师协会
CHINA UNIVERSITY OF POLITICS AND LAW PRELAWYER ASSOCIATION

法律意见书

尊敬的陈女士:

　　准律师协会法律援助中心为中国政法大学校内从事法律援助的学生团体,从事法律援助工作,具有相关经验。现根据您的材料为您出具本法律意见书。

　　根据您的相关诉求,答复以供参考。

一、主要事实

　　您方于 2019 年 9 月与 ▇▇▇ 公司签署合同,参与该公司于 ▇▇▇▇ 的美国游学项目。然由于春节期间新冠病毒疫情爆发的影响,该公司于 2020 年 1 月 25 日发布通知,▇▇▇▇▇ 在 ▇▇▇▇▇▇▇▇▇▇▇ 等 ▇▇▇▇▇ 取消。后该公司 ▇▇▇▇▇▇▇▇▇▇▇▇▇▇▇▇▇▇▇▇ 取消,您方拒 ▇▇▇▇▇▇▇▇▇▇▇▇▇▇▇▇▇▇▇ 称,因"部分成本已经产生"导致"保

战"疫"当前,普法正当时

　　面对疫情,各法援组织的志愿者们转变思路,将原本的线下普法计划改为"'防疫普法'微课堂"栏目以及线上法律援助活动,包括常规的公邮、微信案件群和微博答疑等。学校团委组建了专门的工作协调小组,准律师协会法援负责第一期普法课堂的授课,研究生会统筹推进普法工作的有序进行。

　　"我们当时决定以复产复工为主题,一起想出了与此相关的五个问题,每个同学就每一个问题进行资料检索",录制完成后,再由研究生会制作推送、老师和同学们再集体审核。在大家的共同努力下,从 2020 年 3 月 9 日确定选题构想到 3 月 15 日首期推出,只用了不到一周时间。

无论是线上还是线下，志愿者们始终秉持严谨认真的态度。对于青年志愿者协会2018级本科生柳桐而言，"法援志愿者"意味着更严格的要求，"在挑起回报社会的担子的时候，更需要对自己高标准、严要求，精益求精"。虽然审稿时遭到"开屏雷击"——5000字的稿子上，"满满都是长短不一的红色下划线和删除线"，大大小小382处修改，却让他坦言"看到用心的批注内容，非常感动"。

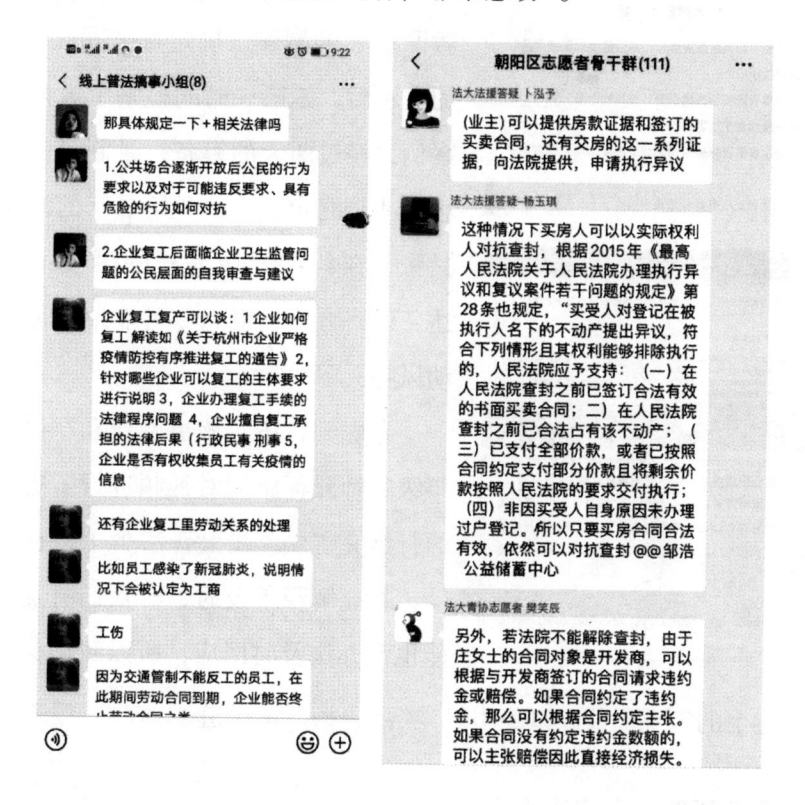

学以致用，搭建云课堂

准律师协会2019级本科生刘子昂是"'防疫普法'微课堂"第一期的主讲人，提起线上录制普法视频的经历，他坦言要比想象中复杂得多。虽然只是时长 10 分钟的视频,他的文件夹里却录制了 20 多个版本,"在家里,一直说方言,所以录视频的时候也会冒出几句方言,再加上我语速比较快,说着说着就容易嘴瓢"。就这样,刘子昂的初稿反复录制了近 5 个小时才完工。同样是第一次录制视频的杨佳宁也做了大量的准备工作,她和农村与法治研究会的伙伴们共同负责第三期"'防疫普法'微课堂"的制作。确定好"员工复工"的主题后,她第一时间检索了大量相关案例,经过两天的筹备,录制了两个多小时才最终定稿,"开始录制的时候很紧张,在纠结要用怎样的语气语速表达,风格方面,也想尽可能地让课堂生动风趣"。

考虑到普法应该更专业和严谨,高年级的师兄师姐们对视频进行了更严格的打磨完善。"线上普法少了以往的互动,补充解释不及时,听众们有疑问可能也没办法及时回应,所以我们会更注意表述上的客观严谨,以免引发误解",杨斯诺说道。

尽己所能,无愧法大人

关于主题选择,志愿者们也尽可能地贴近疫情期间的热点话题,力求使普法宣传的"实用性"最大化。第二期普法微课堂栏目中,研究生法律援助中心重点关注了消费者权益的保护,主讲人张之光谈道:

"消费者权益比较贴近大家的生活，比如疫情期间的物价、假冒伪劣产品、订单取消等问题，都值得我们关注。"

正值"3·15"期间，除了录制普法视频外，研究生法律援助中心还与青年志愿者协会法律援助部共同开展了一次别开生面的线上社区普法活动。2020年3月15日，志愿者们分别在朝阳区志愿者群和康营家园一社区群，以语音交流、文字沟通为主要形式，辅以视频讲授、图片解说，为社区群众带来了一堂内容丰富的普法课程。课程从日常生活切入，讲述《消费者权益保护法》的相关知识。课程结束后，社区居民通过微信向志愿者们传递着感激，"谢谢老师，我们以后买东西就不会吃哑巴亏了"。

各组织还通过邮箱、微博等途径提供法律援助。截至文稿完成时，志愿者们已陆续解决了160多个案件，也收获了许多，"这是一个积累收获的过程，我们既为他人提供了帮助，同时也督促自己掌握更多知识，提升了个人的专业能力"。

无论何时何地，让更多人了解法律、崇尚法律、遵守法律，都是法援志愿者们共同的心愿，正如来自农村与法治研究会—安法援的秦硕所说，"我们想尽己所能为当事人提供帮助，让更多人了解法律的意义所在"。依靠专业知识，借助普法与法援活动，让法治的声音在云端响起，为防疫工作贡献一份属于法大青年的力量。

让法治深入人心，法大学子的努力从未止步，法援人的云端故事未完待续。

【CUPL 正能量第 200 期】法大青年：
做"致公精神"的追光者

文 | 团宣通讯社　冯思琦　贺晓菲　徐菡蕊

编者按：庚子新春，一场突如其来的疫情，让原本热闹的春节静了下来，取而代之的是不断攀升的确诊病例数字和严峻的防控形势。面对疫情，有冲锋在前驰援武汉的医护人员，有日夜兼程运送物资的逆行者，有不眠不休修建方舱医院的工人……

四面八方的援助让我们感动不已，而来自法大人的故事亦令我们动容，物资筹措、社区志愿、线上抗"疫"……

法大青年用自己的实际行动，追寻着公益之光的轨迹，践行着法大人薪火相传的"致公精神"。

追光的人，自己也会身披光芒。

有一分热，发一分光

"爸，有什么我能做的吗？让我上吧！"

"视频要得急吗？人不够，让我来吧，我边学边做。"

"妈，我是大学生，志愿者招募，我得走在前面！"

战"疫"当前，分秒必争。"在家乡白山市火车站协助疫情防控工作，服务 57 天、428 个小时，检测旅客体温 1 万余人次。"马克思主义学院 2018 级硕士于雅馨只是战"疫"法大人中的一个。

安徽阜阳，人文学院 2018 级本科生谢宸琪受父母从事基层防控工作的影响，主动投身于志愿工作中。统计信息、整理数据、上报材料、分发口罩，各项工作有条不紊地进行着，"自己也不是专业的工作人员，就想着能帮上什么就帮一点，我多做一些，大家也就轻松些"。20

天的战"疫"志愿中,他时常注视电脑屏幕整理制作图表,结束一项任务,觉得眼睛干涩就赶紧滴几滴眼药水缓解,为此,他办公桌的抽屉里,常备着一小瓶眼药水。

云南安宁,刑事司法学院2016级本科生包欣艳响应乡村"青年志愿者"的号召,每天准时出现在村口执勤,为出入村民检测体温,宣传防疫知识。她的家乡魏家营并不大,全村人对疫情始终保持高度警惕,这离不开包欣艳一行人对疫情严峻性及防控措施的积极宣传,"最显著的效果是平时邻居们都会聚在附近的小广场聊天,但疫情暴发的几个月来,大家都很自觉地避免聚集、配合封闭管理。"冬天的云南小城缺少取暖设备,包欣艳积极配合当地的基层部门开展捐款捐物的活动,为防疫工作站捐赠了两盏照明灯和日常取暖用品。

湖南怀化,社会学院2018级本科生彭璐参加了"志愿北京"的线上服务活动,成为统筹协调组的一员。统筹协调组的工作比较庞杂,常

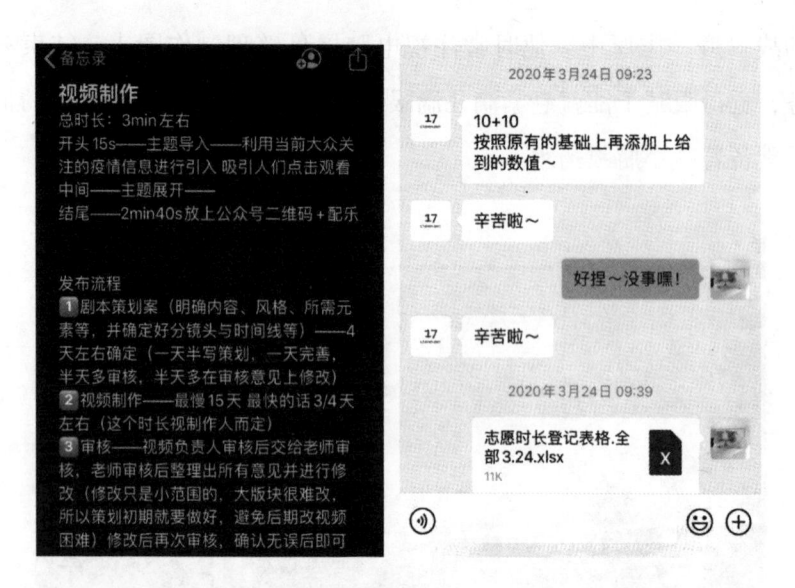

常是哪里需要人手，哪里就有组员顶上去，"最让我感动的是有任务的时候，大家虽然不熟悉 PS、PR 这些软件，却积极报名、边学边做"。由于彭璐没带电脑回家，不能直接参与视频剪辑，就尽可能地帮大家远程解决一些技术上的问题，本想着依靠自己的专业提供心理咨询帮助的她却在 20 余天的统筹协调工作中打开了另一片天空。开学后，彭璐依旧活跃在"志愿北京"的线上服务中，负责后台值班和心理问题咨询工作，正如她感慨的那样，"无论做什么，只要能出一点力，就觉得很幸福"。

追光路上，你我同行

一处是没有硝烟的战"疫"一线，另一处是平淡温馨的居家生活，抑或是携手共进的云端讲堂，法大人追光前行的步伐从未停歇。

30 个学习圈，涉及法考备考、居家健身、语言学习、厨艺交流等多个领域。2 月 14 日，社团联合会推出"特别版"线上友思学习圈，近百名同学踊跃报名，迈出了云端互助、分享学习的第一步。王凡是

> 《香蕉，海滩和基地》
>
> 这本书部分颠覆了以往我对女权主义的理解，书中提到了很多具体而微的组织、群体，也包括同性恋群体。女权主义并不是冷冰冰的理论框架，而是由各种运动、反抗所支撑的。我认为当时的女权主义著作不能很好预测现在的田园女权，田园女权朝着一种偏执的文化发展，就好像一种邪恶的文化在肆意生长。
>
> ——王凡

"国政英语"学习圈的组织者，2月伊始，国政1901班在她的带领下学习了数本国际政治专业的英文书籍，分享思维、交流学术，看似枯燥的专业英语也变得有趣起来。"我们看到了一些不一样的世界。"王凡不禁感慨道。

26分钟
1) 膝盖式俯卧撑　　2组×15次
2) 平卧抬膝式举腿　2组×20次
3) 短桥式桥　　　　2组×25次
4) 标准式俯卧撑　　2组×10次

每天俯卧撑、仰卧起坐各80个，平板支撑一分半，同时每天进行40个负重深蹲增强腿部力量，日常视频打卡，队长线上云指导，民商短跑队的宅家训练一直在云端开展。没有什么能阻止他们的运动追光路，缺乏锻炼所需的器械和场地，那就在垫子上徒手锻炼。日复一日的线上打卡，不仅保持了队员们健康的身体状态，更为宅家的学子们寻找到劳逸结合的最佳途径。"长时间盯着电脑上网课很容易疲惫，我们鼓励大家多做一些运动，调整状态"，队长王宇辰这样说。

　　23名志愿者，12场线上普法，4000人次的覆盖，"明法计划"是中国政法大学研究生支教团的实践活动，也是法大人法治追光路上的重要一步。保持专业性，研支团的成员与于冲老师共同审阅修订了12篇讲稿；适应云讲解，研支团的成员预先彩排数遍，脱稿陈述，DIY补光板提升效果；鼓励云学习，山西分团组织"每日打卡"，设定小目标，激励学生在线学习的热情。通往春天的道路上，他们播种下的法治幼苗正向阳而生。

疫情没有阻拦法大学子的脚步，越来越多的人行动起来，在携手追光的路上，不觉间，他们便成了光芒本身。

巍巍华夏，追光而行

他叫张书旗，2008级法大人、新华社记者。

疫情暴发时期，他与新华社的同事们"逆行"武汉，亲历真实、传播真相，"必须在现场，因为我们是记者！"深入火神山、雷神山、方舱医院等抗"疫"现场，记录医护人员与患者的真实动态；关注武汉市民的生活，外卖小哥、工人、司机……他用镜头与文字记录疫情之下的每一个"不平凡"的普通人。

她叫金思缘，2016级法大人、湖北黄冈的"阿当"。

"阿当"，意为高效率与实干精神，是每一位义工的名字。数不清的夜晚，金思缘为等待一句回复而通宵达旦，为了可能争取到的医疗物资而彻夜未眠。终于，他们的努力迎来了第一架满载防护服的直升机，

直升机牵动着所有人的心,也为黄冈人民带来了希望。一声"阿当",是这个春天的荣耀勋章。

她叫黄珂滢,2017级法大人、医疗防护物资生产一线志愿者。

数不尽的医疗物资求助信息让黄珂滢的心一点点揪紧,她毅然走上医疗防护物资生产一线，成为医疗器械流水线的一环。人工封装呼吸过滤器，一天之内她做了 2400 多件；给呼吸管涂胶水拧盖子，手被黏黏的胶水弄得起皮。她是流水线上的一颗螺丝钉，是抗"疫"战场的一颗子弹，为这场没有硝烟的战争贡献着自己的力量。

他叫侯文兴，2018 级法大人、社区抗"疫"志愿者。

侯文兴是抗"疫"志愿者队伍中的一员，负责社区消毒工作。他所在的小区每天 6：30 和 16：00 有两次定时消毒，他负责 24 个单元，每个单元都要从 1 楼爬到顶层 6 楼，给楼道里的防盗门把手、楼梯栏杆、死角等地方喷消毒液，从始至终近 2 个小时，不停歇。他和无数志愿者一起，用汗水浇铸防"疫"之盾。

他叫恰西甫·为山，法学院 2019 级 4+2 班党支部书记、基层工作人员。

从摸排疆内人员流动情况，到协助工作人员进行基本防疫工作，再到认真做好防疫宣传……种种任务堆叠在一起，是数月的持续工作内容。"泡面+面包"的生活常态，背后却是坚守新疆战"疫"一线的使命与光荣。恰西甫·为山与吉木萨尔县二工镇人民政府工作人员一起，用实际行动牢牢守护住家乡人民的生命健康。

从北到南，五湖四海，这个春天追光而行的法大人还有许多，正如谢宸琪所说，"如果我早一点加入防疫工作，或许那些辛苦的一线人员就可以早一点换班回家了"，最真挚的情感，便是年轻的法大人发出最赤诚的光热。

"谁谓河广？一苇杭之"，"致公精神"并不远，就在你我之间。一位又一位法大青年，用知识、活力与奉献精神发光发热，照亮周边。即便只是烛火一般的星点光芒，也能点亮希望的光焰。

心中焰火跳动，眼中星光闪烁，脚下步履不停，这就是我们追寻的"致公精神"，而践行着"致公精神"的每一个法大人，就是这个春天最可爱的追光者。

后　记

在第四辑"CUPL 正能量"人物访谈活动报道合集中，我留下了自己本科阶段最后几篇人物访谈报道，即使是两年之后的今天，我仍然清楚地记得当时采访、编写、成稿、修改这些文章的每一幕。

我有一种穿越时空的玄妙的感受：第154期，我写第十九届研究生支教团"凡我在处，便是法大"；第195期，我成为第二十一届研究生支教团的一员，我以我身践法大；第158期，我与师妹写司考五人组，我尚不明白他们面对法律人第一道门槛的焦虑和压力，而就在上一周，我亲身体验了这种经历。

就像我一直说的，我能够通过"CUPL 正能量"人物访谈这个栏目感受到很多我这个单向的生命所无法经历的人生轨迹。我一个人只能生活一次，感受一次，我所不能、不会、不敢触及的领域实在是太多太广泛，而与别人交流，我或许能微末地触及那一丝迷雾的领域，已经甚是慰藉。

更重要的是，我通过访谈认识到自己的薄弱，同时我也发现大部分的人与人之间本质上没有很大的差距。我认识到我所不会的无须羞耻，我所掌握的无须过谦，我学会了共情，同时也学会了拒绝共情，我学会了重视自己的感受，也学会了尊重他人的感受，这些都构成了我为人处世的标准，这些让我学会自省、判断是非、不僵硬，也让我更自由。

写"CUPL 正能量"人物访谈的经历是我的人生财富，这段经历过后留给我的感悟，更是我的人生宝藏。

——商学院工商管理 1502 班　陆娇

从第一次落笔到搁笔，再到如今收到第四辑筹备出版的消息，好似经历了一轮花开花落，记忆已渐渐模糊之时，偶然发现春来，那熟悉的花仍然绽放在枝头。

第四辑中第 155 期是我在"CUPL 正能量"留下的最后一丝印迹，很可惜这一期我参与得很少，主要是由另一位作者采访、撰稿完成的。但很庆幸我因此有机会谈谈我的想法。

与通讯社相识，初次采访的忐忑不安，其间种种历历在目、恍如昨日。在采访、整理、撰写过程中，我认识了形形色色的人，遇见了来来往往的故事，他们与我同在一个校园，这些事就发生在我身边。"CUPL 正能量"像一扇窗户，我通过它看到了一个崭新的、不一样的法大，里面有可爱善良的同学、老师，有或激动人心或淳朴温暖的事迹。在耀眼光芒中看到背后努力的汗水，在平凡小事中感受初心的坚守，在身边这一桩桩、一件件的故事中获得同行的力量，这也许就是"CUPL 正能量"对我的意义，也正是我想带给读者们的体会。

我是一个很普通的人，我也很抵触那些被塑造出来的光辉伟岸、遥不可及的形象。与此相反，"CUPL 正能量"希望传达的是，每个人都能做到、做好，每个人都能够传递一点正能量。在采写的过程中我自身也不知不觉受到鼓舞和影响，在"CUPL 正能量"陪伴的这段时间里，我感受到一种由内而外的力量在促使我不断向上生长。

从我的第一篇"CUPL 正能量"第 120 期到现在，已经过去了整整四年，它是一位老朋友，依然带着熟悉的微笑，它又是一位新伙伴，正迈着矫健的步伐向前奔去。

——国际法学院 1508 班　陈钢

我的大学生涯，因为"正能量"三个字，有了很多不足为外人道的际遇。微信列表中多了那些闪闪发亮的校园偶像，大二到大三的每一周都能听到新故事。即使是最亲密的朋友，也会因为接受过我的采访，瞬间变成正能量中让我感动的不平凡角色。法大很小，几乎就是方寸之间。但是生活在这里的人，够我们写满四本蓝色封皮的人物小传。他们走在梧桐摇曳、银杏生姿的宪法大道上，或许只是最平凡的一粒水滴，待我们触碰解析后，却能折射最耀目的日光，深蕴最温暖的力量。有时候心道，记者真是最好的职业。那么丰富多彩、趣味盎然的四年，竟然通过几次畅聊、几张图片，还有一段两千字的文章，就能跃然纸上。现在我已经毕业了，却也时常点开"法大青年"的推送默默欣赏新的故事。这个栏目由一代又一代通讯社人传承下去，逐渐寻找到专属于它的精神内核。从诞生之初钟爱对"学霸"等访谈，形成一些经验贴式的文案，到后来意识到要将目光投聚于平凡中活出自己精彩的他们。方寸之间的校园，生活于此的人们却能看到最广阔斑斓的世界。而我们做的，只是努力靠近这些美好源泉，抓住，然后写出来。其实传递能量的人，却也最能被命运馈赠。

——法学院 1604 班　董浩然

接到师妹消息，第四辑"CUPL 正能量"正筹备出版。爽快答应师妹写一篇编者后记，这个空闲周末，我仿佛又回到对着电脑听录音和组稿的大学生活，汲取他人能量的时光，听那些超越平常、让人由衷赞叹的故事。

高分通过司考的五人小组、远赴叙利亚做 NGO 志愿项目的师姐樊玉洁、趣味教学但严格考试的计算机老师周果、学习与社团多方溢彩的同级校友程婷如。再读这几篇文章，读他们的人生片段，仍然感动。相携相助追求某个目标、脚踏实地实践某种价值、恪尽职守之外高要求地完成工作、严于自律的生活——他们身上总有一种向上的能量，而一个真正正能量的故事会让人在反复阅读玩味中发出赞叹。寻找这样正能量的故事，散播正能量是我们进行"正能量"写作的目的。

两年过去，通过"正能量"认识、写过的人物也大都迈入人生新阶段，组队过司考的师姐们全部通过了研究生考试，进入心仪的学校又毕业，进入工作又为生活所难。樊玉洁师姐成为协助贝壳网赴纽交所上市的团队一员，从事了 NGO 以外的新工作。周果老师依旧是朋友圈里课有趣、人严格的计算机老师。社团、竞赛、学习几头兼顾的"拼命三娘"程婷如保研清华。拉长的时间里，他们曾经被截取的人生故事中的能量又一次出现在他们的新人生阶段。偶尔窥见他们新生活的同时，我也同样被他们新人生阶段的状态又一次激励，二次受益于"正能量"。

如果编者后记是某种变相的推荐语，"阅读他人，窥见超越平常的能量"就是我推荐"正能量"的理由。

——国际法学院 1606 班　杜芬

什么是魔法？是罗琳笔下那座奇妙的城堡？还是炼金术士无限向往的点石成金之术？我的答案需要追溯到非洲的某个古老洞穴中。

在这个洞穴里，人类第一次开始自画像，然后是篝火照亮的其他人类的脸庞。我三年的工作正是如此，刻画他者，分享故事。我的工作又不止如此，从开始的采访设计到最后的终稿刊载，带有主观创作的同时客观坚守一直都在。在这里，张佐奇用他的热爱带领我，也带领读者一起进行奇妙的羽毛球之旅；蓝涛用他脚下的足球承载起一代商院人的记忆与荣誉；姜溪海不断骑行，路程孤独的背后其实充满了陌生人之间的联系……

我一直相信文字是有魔法的，这种魔法无论是被称为"正能量"抑或其他都没有关系。只要我们的文章打动了你的心，并能够为你的生活带来一点点鼓舞，那就是对我们"正能量"编写团队最大的鼓励。

最后，愿青年心胸自有浩然之气，方能不败立于天地之间。

——光明新闻传播学院1601班　陈广浩

"正能量"对于我而言，就好像在旁观着一场又一场让人艳羡的风景。但是当我将他们诉诸笔端时，便好像有切实经历的鲜活感。或许是身边的一个同学，或许是一个耳熟能详的社团，又或许是一次意义深远的活动，都让我在仅仅是聆听和写作中也能感受到深深的震撼。再平凡的人生也会有他的闪光点，而"正能量"让我们每一个人变成追光者。当我无数次因为自己的平庸而感到气馁无奈时，恰好是这些回忆让我有再次面对困难的勇气。这种铭记和传承正在潜移默化地打动着每一个愿意为此付出热爱的人。

我爱通讯社，爱每一个读者，爱所有让"正能量"这件事变得有意义的人。我希望这些美丽的风景可以不仅在纸上永恒，也能让更多的人拥有追光的勇气，一脉相传，永远栩栩如生。

——商学院工商管理1701班　李昕媛

一直都不是很喜欢写东西，觉得自己词不达意，觉得自己矫情，"正能量"是我最晚接触的栏目，总觉得很难。我一向很急，却在"正能量"上被磨了性子，一遍遍地搜索朋友圈，一遍遍地列提纲，整理录音，修改成稿，步步忐忑。但看着这些身边的没有光彩夺目却还是让人生羡的生活,就觉得大学啊、青春啊,就应该是这样的啊!还能想起每一次采访,他们口中是我艳羡的生活规划,是我憧憬的潇洒态度,是我不敢的大胆出走,太多太多,太值得记录下来,太值得分享给更多人,传递一些方向、一些勇气、一些信心,让每个人都找到自己的"正能量"。

——外国语学院英语 1701 班　施炜钰

对积累了百余期的"CUPL 正能量"来说,寻找人物素材是我认为最难的一环,如何在法大找到一位合适的"正能量人物"?这在团宣通讯社范围内引起了一场对"正能量"本质究竟为何的讨论。在绞尽脑汁写不出来的时候,我也会忍不住怀疑,与优秀的人交流并将其故事写出来,除了相形见绌以外究竟有什么意义呢?但是当我细细回忆那些为"正能量"努力的过程,我发现我当初产生的幼稚想法都不过是无心的牢骚,每个人的大学生活都不一样,"优秀榜样"对于其他人来说确实参考意义甚微,但当他们抛去所有光环,作为一个鲜明的灵魂和我们对话之时,他们各种各样的心境让人产生共鸣,而"正能量"就抽象地存在于这种共鸣里。在某一领域优秀也好平庸也罢,每个人都在用自己的方式对抗孤独,在无数的未知中摸索。"正能量"是隔壁的一盏灯,它照亮的并不是我前进的道路,但是至少让我明白,光明是存在的,并且是正在发生的。我从不吝惜对有良好品质的人发出赞美,他们让我知道在这所小小校园里存在着那么多美好的情感与自强不息,我由衷地祝愿他们都能够拥有光明的未来。也许,"正能量"的意义就在于不断地看到自己认同的事物和观念,从而使自己更加坚毅和勇敢。

——法学院 1704 班　王丹阳

"他们成了一篇篇文章,也同时成了我的精神烙印。"提笔写下

"正能量"后记的时候，距离当初一笔笔写下这些文章的时间已经过了将近一年。我无法完整地复述每一篇稿件背后的故事，但是那些曾经笔端流淌的文字却真切成为精神的烙印。我会记得关于徐敬旭师姐的稿件下祝福点赞的评论区；也记得采访牛昊师兄的下午，为他身上那股不服输的拼搏精神而撼动。那些和"正能量"人物接触的瞬间，成为我大学时代最具感召力的时刻；而我写出的文字也带给了更多人触动和激励。

有人会说活在"正能量"人物的周围会过于疲乏。过多的接触，让人对于优秀和向上这件事产生了免疫力。但我却觉得做"正能量"栏目，和被采访者成为朋友是我大学生活中宝贵的精神财富。在他们身边更让我有了一种"我自泰然而前行"的心态和勇气。本身大学生活和人生定义就应该是多样的。诚然，在量化的环境中，大家被迫迎合一种标准，但本身大学和人生的选择是不被定义的，是无限可能的。既然优秀有一万种可能，我们就会有一万种选择。而选择自己的道路，埋头成为自己的"正能量"本身就是一种最值得被书写的文章啊！

——法学院 1704 班　张澳璇

"正能量"到底是什么？这是我自己经常问自己的问题。虽然已与"正能量"相伴而行三年，可我至今仍无法窥其全貌。但我能确定它不是单纯地记录"学霸"，也不是一味地追求成功，它更多地是在发现生活中的平凡人，去发掘平凡人的闪光点。在"正能量"的故事里，他们历经挫折而不折不挠；他们因坚持而熠熠生辉；他们在点滴里诠释着志愿精神……尽管每个人的生活不同，但是每个人总能够在"正能量"的故事里发现自己的影子，望见未来的自己。

执笔写作时，常常会被"正能量"的故事感动到潸然泪下，可我仍时刻提醒着自己：我们只是故事的记录者，需要客观冷静地记录着我们看到的、听到的。因为只有如此，这份感动才能够"原汁原味"地传达给读者，才能真正地打动人。

行至今日，"正能量"已经200期了。有人问我，这个时代这样的东西还有人看吗？还有意义吗？我想说，如果有一个人，即使只有一个人，被"正能量"中的人或故事而打动，我们所做的便有着无与伦比的意义。

愿你我在生命的长河里，都能够活成自己的"正能量"。

——法学院1704班　蒋恩第

很荣幸能为"正能量"再次写一些东西。过去写"正能量"的两年时间里，最怕的是寻找"正能量"，最爱的也是寻找"正能量"。我自认为并不是一个优秀的"正能量"撰写者，因为在当时无论如何也理解不了、找不到的"正能量"，在一年后的现在才悟到些许。至少就我目前的理解来看，每个人都可以成为"正能量"，只要有意志。意志听起来好像并不难得到，但是能真正付诸实践者寥寥，以我自己为例，可能会因为早上比平时少睡了30分钟而崩溃，甚至放弃当天的课程或者工作，冬天尤甚。"正能量"的人可能也会有这样的心情，但是他们会克服，会想办法让自己坚持下去，会比之前做得更好。当然，这只是一个极不恰当的比喻。"正能量"的人做得最好的应该是"坚持"，坚持时间管理、坚持做笔记、坚持踢球甚至坚持把被昌平的风吹倒的自行车扶起。他们日复一日地坚持着自己认为值得的事情，在不断的积累中突破了自我，这就是目前我理解的"正能量"。

而在过去写"正能量"的时间里，我收获了很多，这个过程是苦乐参半的，结果是幸福的，"正能量"的体系也在大家一次一次地探索、打磨中不断完善。我坚信后来者居上，从师弟师妹的作品中就能感受到，所以"正能量"越来越好是必然，我便只祝未来的编者可以更加享受这个过程，并努力让自己也成为"正能量"的人！

——商学院工商管理1701班　岳梦雪

当我一个人静下心来，读一篇"正能量"的时候，总能感受到一股如同真实存在的"能量"。任何一个读者，都能在那许许多多的"正能量"人物事迹当中，被某个人、某句话直击心灵。"正能量"这个栏目名称非常的精妙，我曾想过是否有能够替换它的另一个名字，但我想不出来。我们总是会评价生活中的一些人或事为"正能量"，因为我们能从中获得鼓舞，他们不一定有多大的成就，却有着闪着光辉的精神和品格。而激励我们的，正是那些精神上的东西，那些我们每一个人都能拥有的东西。

我们可能都只是普普通通的人，拿不到那么多的奖项，赢不下那么多的竞赛，也不一定有一项小有成绩的特长，但我们仍然能在一件件平凡事中做得精彩、做得漂亮。一切的伟大都源自于点滴平凡的积累，就如同这一本"正能量"的合集，也是一个个记者的辛劳与汗水。我们发掘"正能量"的脚步不会停下，生活中的"正能量"也不会衰微，纵然每一篇稿件的完成都需要付出许多，生活中的大部分事情也并不容易，但是我们不会放弃，这就是"正能量"存在的意义。

——法学院1801班　孙维昱

各位读者大家好，这里是《FM27号 法大青年》广播小站。大家好，我们是你们的好朋友，"正能量"工作团队。

不知不觉，"正能量"已经200期了，"正能量"第四辑也要出版了。

大一懵懵懂懂接触到了"正能量",接触了很多优秀的师兄师姐,有的成绩很好,有的对足球满腔热爱,有的坚持演戏将爱好转化为工作,他、她、他们,都因为热爱有了不一样的生活,各有各的精彩。线下面对面采访,以青涩的文字将人物的生活撰写于一篇篇"正能量"中,是大一时的记忆,当时,我由衷地感叹:师兄师姐的大学生活是如此精彩且充满力量。

大二时成为通讯社部长,疫情在家通过线上采访的方式,了解到很多抗疫的故事。这一次的采访不再是通过语言、观察神态的方式,仅仅是线上的文字采访,我在构思"正能量"、书写抗疫故事时感受到了文字背后众人的磅礴力量。

也希望读到这辑"正能量"的你,可以体会到生活中的精彩,找到专属于自己的热爱,哪怕带来一点小的方向,这也是我们的幸运。

——商学院工商管理1802班　梁雪炜

说起来有趣,不觉间"CUPL 正能量"已经走到了第四辑,自己也将行至大学生涯的末端,真若白驹过隙,似梦似幻。

仍记得初接触"CUPL 正能量"时,为其中闪闪发光的事迹深深折服,每一个书页中记录的名字都流淌着莫名的光辉、震撼、羡慕,仿佛这才是大学应有的美好,这才是一个符合大众定义下的大学生活。可是后来我发现不是这样。那些高高在上、遥不可及的形象也有着平凡、贴近生活的一面,他可能就如书前的你曾经行走在校园的每一个角落,此时落在你肩头的银杏叶也曾拂过他的臂膀,玉兰花的清香也曾围绕在他的鼻尖,他也曾沉浸在论文、报告的海洋苦苦挣扎。"平凡而不平庸"这或许是对"CUPL 正能量"最好的注解。

一次次的接触、采访、整理、成文,我是聆听者,亦是记录者。每一篇文章的诞生,都经历了不下五次的打磨与修改,甚至在期末季被推倒重来。从素材搜集、采访记录、录音整理到组稿成文,为的便是不让文章埋没了采访人物的光辉,这是我在撰写"正能量"时最大的意愿。我迫切地希望着,你们能够发现文字背后的精彩,能够体会到他们的坚持、热爱,我不愿更不能让自己的文字成为你们了解他们的阻碍。谢谢每一位读者的翻阅,更感谢你们能够有耐心读完这本书。

我是一个喜欢安逸的人,更是把文字当作自己抒发情感的媒介,随意写也随缘看。是通讯社让我慢慢挖掘到了文字背后的力量,那种深入泥土触碰心灵的叩问,那种自平凡荒芜处的生长与表达,他们赋予文字以责任,更赋予文字以灵魂,这也是每一位通讯记者在珍视和坚守的东西。

我爱这里,爱这里的每一个人,也许我们只是落款处默默无闻的编者,也许我们不曾有惊人瞩目的成绩,但希望大家不要遗忘了"CUPL正能量"的存在。愿今日将感动与力量汇集成册,在一代又一代的法大人之间传承,终将铸就璀璨的星河。

——法学院1801班　安振雷

2020年5月份,为了创作"CUPL正能量"收集素材线索,我翻阅了从2012年到2020年的近200篇正能量,从最初的纸媒,到如今的"法大青年"公众号;从聚焦于身边的同学和老师,到将目光投射到班集体、社团组织等;从第1期"笔记小公主"——2011级的刘甄霓师姐,到第200期疫情期间法大人群像——做"致公精神"的追光者,"正能量"一共跨过了8个年头。作为有幸参与其中的"正能量"采编团队的一员,我深感其中的不易与肩上的责任,从寻找素材、采访、整理,到写作、修改,直至最后成稿,每一个环节都需要深入"挖掘"

与细致"打磨"。但这正是我们的职责所在,因为每一篇"正能量"背后,都是饱含着激情与初心的故事。我们希望能记录每一个脚印落下的声音,将属于法大人的回忆注满。希望"正能量"能陪伴法大走过更多年头,去往未来,去见证更多法大人在时间与红墙之上留下属于自己的故事。

——商学院工商管理1803班　徐菡蕊

已经许久没有在 Word 文档里输入"CUPL 正能量"了,这一串字符此时既陌生又熟悉。在 2020 年接近尾声的时候,"内卷"成为高校学子讨论中的频发词,而"正能量"团队似乎更早就把握到了这种非理性内部竞争对学子自我成长的有限意义,"不需要是最优秀的人,一定要优秀的特别"这种理念始终贯穿在"正能量"选题、采访、写作、修改、成稿的过程中,也因为"正能量"我才能从焦虑的竞争氛围中短暂抽离,去认识、感知、书写"内卷"氛围之外的另一种价值。像是一种奇妙的巧合,在工作的一年里,我所写作的"正能量"人物都是群像:政治1802班团支部、彩车背后的十四中队、二十二方阵核心关节道具安检组、新冠疫情期间追逐"致公精神"的法大学子,回忆起这些,我总能从这些标题中感受到一种由内而外的力量,暖融融在心中扩散开,我由衷希望这种温暖能接着传递下去,给更多焦虑中浮沉的人以发自内心的力量。

——民商经济法学院1805班　贺晓菲

因为"正能量"人物访谈,认识了很多优秀出众的人,最初带着艳羡的目光去仰视他们,觉得每个人身上都有着耀眼夺目的光,是自己追赶不及的。后来慢慢发现,没有人会步步坦荡顺遂,翻腾浩荡的人生海洋之上,他们同我们一样,远非无惧风浪的巨轮,但也绝不会是飘摇不定的蜉蝣，而是一叶小小的舟，在辗转游移间找到自己的航向，顶着冷风寒雨一点点向前。

随着采访越来越多的人物也逐渐明白，"正能量"想要与大家分享的从来不是模板下的标签化故事，而是真实的成长，不是单一的价值标准，而是丰盈的意义追求。就像一颗水仙花球茎，剥开层层表皮想要追求普遍意义上的"实"可能得到的会是"空"，但置于水中，就会发芽、生长、开花，就会有各种未知的美妙。

这可能就是"正能量"团队想带给大家的，讲述、聆听别人的故事与心情，汲取、收获自己的勇气与期待。

期待与大家一同，拥抱成长中的更多意义与可能。

——法学院 1801 班　孙可一

转眼间就到了"正能量"快要付梓的日子，通讯社陪伴我的时光，也快要走向第三个轮回。看着目录里那些熟悉的名字，就好像回到了自己在电脑前一遍遍删改的日子，在学活一楼、在三时茶的落地窗旁、在麦麦的长桌上，我曾努力地让笔下的故事鲜活再鲜活一点，把那些可爱的人、难忘的事，认真地讲给你听。

"正能量"让我能保持选择和记录的能力。从国庆阅兵方阵中寻找的浩然正气，到疫情逆行中看到的勇敢担当，我曾在与这些人物的交流中收获真切的感动，我可以在他们身上看到那样一种年轻的姿态和向上的力量，我可以在"正能量"的故事里感受文字的蓬勃生长，我可以在一篇篇文章里窥见通讯社的每一个人去精益求精地打磨和对文字坚定执着的信仰，这就是"正能量"于我而言绝大部分的意义。

我坚定地喜欢通讯社，喜欢这里的每一个人，赤诚而柔软是他们身上最珍贵的地方。我们中的大多数，或许平平常常甚至庸庸碌碌，不配拥有出众的故事,却坚定地寻找琐碎日子里可以照亮彼此的光。"正能量"是符号,亦是纽带,愿我们记录的文字,能真正带给我们,带给屏幕前的读者,抑或是此刻正翻动着书页的你,源源不断向上的力量。

——人文学院中文 1801 班　冯思琦